바다가 들리는 편의점 3

바다가 들리는 편의점 3

마치다 소노코 지음

황국영 옮김

일러두기

- 원서의 간사이와 규슈 지역 방언은 모두 우리말의 표준어로 표기했습니다.
- 인명 표기는 국립국어원 외래어 표기법을 따랐으나 다른 인명과 혼동이 생길 우려가 있거나 애칭으로 등장하는 이름은 입말에 가까운 발음을 살렸습니다.

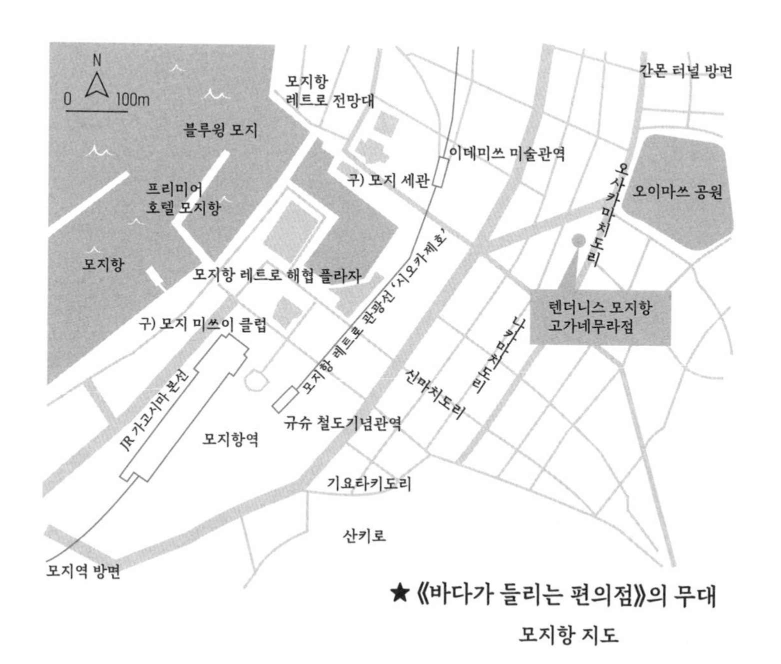

★《바다가 들리는 편의점》의 무대

모지항 지도

프롤로그

○

'시바 성분' 부족 상태다.

이 세상에는 오직 시바 씨에게서만 얻을 수 있는 영양소가 있고 그것은 내가 살아가는 데 없어서는 안 되는 요소이거늘, 이 성분이 부족하다는 말인즉슨 충분한 섭취를 하지 못했다는 뜻으로, 결국 하고 싶은 말이 뭐냐 하면….

"모지항 가고 싶어."

"또 그 얘기야?"

마키오의 집에서 조생 귤을 먹으면서 하는 말에 마키오가 지긋지긋하다는 말투로 답했다.

"지난주에도 가 놓고, 이번 주에 또? "

"그야, 지난주에는 그 귀한 얼굴을 삼십 분밖에 못 봤으니까. 시바 성분을 충분히 섭취하지 못했달까?"

"성분이니, 섭취니. 이상한 소리 좀 그만해."

"뭐, 마키오는 워낙 둔하니까."

"허어, 감히 나한테 그런 말을 한다고? 아저씨가 아직 피피엔느호를 돌려주지 않으신 걸로 아는데?"

"아오!"

사랑하는 나의 자동차 피피엔느호는 아빠가 애지중지 가꾸던 논에 곤두박질쳐 벼농사를 망쳐 놓은 이후로 압수된 상태다. 매일같이 어깨를 주물러 드리며 눈치를 살피고 있지만 돌려줄 기색이 보이지 않는다.

"내 아즈키호가 없으면 모지항에 못 가실 텐데?"

"아오!"

나는 귤 한 쪽을 입에 넣고 고개를 떨궜다. 이 귤, 무지 달잖아. 역시, 구마모토가 자랑하는 휴게소 '시치조 멜론 돔'에서 산 과일답구나. 멜론 돔의 멜론은 엄청나게 달고 맛있는데 귤 또한 그에 못지않게 맛이 훌륭하다.

"저… 기름값이랑 점심 식사로 어떻게 아니 될까요?"

"아아, 복어가 먹고 싶네."

"허억! 그, 그런 말씀을. 저는 아르바이트를 하는 미천한 학생이오니, 부디 복어만은…."

"복어는 농담이고. 나, '가와라 소바' 먹어 보고 싶어. 여기, 이거."

마키오가 어디선가 가져온 잡지를 내밀었다. 모지항 특집이라고 적혀 있는 책을 펼치더니 '놓칠 수 없는 모지항 맛집'

페이지를 들이밀며 말했다.

"이거야, 이거. 맛있겠지?"

마키오가 가리킨 기사에는 '가와라 소바'라는 글자와 함께 갈색빛 소바 위로 얇게 썬 달걀지단과 소고기, 김과 레몬 등이 층층이 쌓인 사진이 실려 있었다. 동그랗게 썬 레몬 위에 살짝 얹힌, 붉은빛으로 물든 무즙이 선명하니 예쁘다.

"와, 이게 뭐야, 엄청 맛있어 보이잖아? 소바를 기왓장(가와라 소바의 '가와라瓦'는 우리말로 기왓장이라는 뜻이다—옮긴이) 위에 올려놓은 거야?"

"그렇다나 봐. 원래는 시모노세키의 향토 음식인 모양인데 모지항에서도 먹을 수 있대."

"헤에, 자루 소바의 고급 버전 같은 건가?"

"아니, 이건 따뜻하게 먹는 거래."

"우와. 아니 근데, 왜 네가 모지항 특집 잡지 같은 걸 갖고 있어?"

가와라 소바 사진에 머물던 시선을 마키오에게 옮기며 묻자 마키오는 "이제 툭하면 운전기사로 끌려다닐 게 뻔하니까" 하고 아무렇지 않게 답했다.

"이왕 갈 거, 나도 즐기면 좋잖아."

"그거야 그런데… 잠깐, 뭐야 너. 나 데리고 다닐 생각으로 산 거야?"

이런, 다정한 녀석 같으니라고…. 귤을 하나 더 까먹으려다 마키오의 가슴팍에 건네주며 "우선 이거부터 받아, 내 감사의 마음이야"라고 말하자 "이 귤, 원래 우리 가족 준다고 가져와 놓고 네가 다 먹고 있는 거잖아" 하는 핀잔이 돌아온다. 아, 그랬지 참. 아빠가 늘 신세를 지고 있다며 갖다주고 오라고 시킨 귤이었다. 까먹고 있었네.

"그나저나 갈 거면 빨리 준비해. 나 내일부터 한 나흘은 리포트 쓰느라 아무것도 못 하니까."

"롸져!"

경례를 한 나는 눈앞의 귤들을 재빨리 먹어 치웠다. 귤, 최고.

*

9월의 모지항은 아직 여름의 하늘빛을 간직하고 있었다. 간몬교 위에 커다란 뭉게구름이 펼쳐져 푸른 하늘이 더욱 도드라진다. 유난히 맑은 공기 덕에 강 건너 시모노세키가 훤히 보였다.

"도착했다!"

모지항은 이제 내게 고향이나 다름없는 것 같다. 원래 있어야 할 곳에 돌아온 듯한 느낌이 강하게 든다. 이런 생각 때문인지, 거리의 풍경마저 날 반기는 듯했다.

"있잖아, 마키오. 나 대학 졸업하면 모지항에서 일하고 싶어."

"무슨 일을 하려고."

"텐더니스! 라고 말하고 싶지만, 시바 씨 옆에서는 평정심을 유지하기 힘들 것 같으니까. 모지항을 더 쾌적하게 만들 수 있는 일을 할래."

시바 씨가 사는 이 동네가 조금이라도 더 살기 좋은 곳이 되면 결과적으로 그에게도 도움이 될 테니까. 마키오가 "와카의 애정이란 거, 의외로 착실하구나"라며 감탄하듯 말했다.

"의외로 착실하다니. 평소에는 안 그렇다는 말처럼 들리잖아."

"자각도 못 하고 있을 줄이야."

"너무하네."

뭐, 마키오가 무슨 말을 하든 괜찮다. 군말 없이 데리고 와준 것만으로도 고마우니까.

"자, 그럼. 참배를 드리러 가 볼까?"

"참배라니, 그 사람이 무슨 신이냐?"

"나한테는 그렇지."

상쾌한 바람이 지나간 거리를, 마키오와 걷는다. 아니, 사실 난 깡충깡충 뛰는 중이다. 등 뒤에 날개가 달린 기분이다. 그런데 이내 날개가 꺾이고 말았다. 눈앞에서 시바 씨가 어떤 여성과 사이좋게 걸어가고 있었기 때문이다.

"어?"

눈을 비볐다. 몇 번이나 다시 비볐다. 하늘을 올려다보고, 바다를 바라본 다음 마키오의 얼굴을 뚫어져라 쳐다봤다. "뭐야 갑자기, 기분 나쁘게"라며 눈살을 찌푸리는 마키오를 확인한 후에야 안심했다. 아, 다행이다. 눈이 이상해진 건 아니구나.

잠깐, 각막의 문제도 아니고 환상도 아니라면 방금 내가 본 게 진짜란 말이야?

"저, 저기, 마키오. 저기 봐 봐, 저 뒷모습, 시바 씨 맞지."

떨리는 손가락으로 그쪽을 가리켰다. "뭐? 와카, 너 대체 시력이 얼마나 좋은 거야?" 콘택트렌즈를 끼는 마키오가 시선을 돌리며 말했다. 눈을 가늘게 뜨더니 "저 파란색 줄무늬 셔츠 입은 사람?" 하고 묻는다.

"그, 그래. 줄무늬 셔츠에 베이지 색 팬츠. 거기에 닥터 마틴 부츠."

"신발 브랜드까지 어떻게 알아. 아무튼 맞는 거 같긴 하네."

저 앞에 걸어가고 있는 사람은 틀림없이 시바 씨다. 그리고 분명, 한 여성이 그의 팔에 팔짱을 끼고 있다.

"저, 저기, 마키오. 근데, 그 시바 씨 옆에 있는 사람 말이야."

여자 친구일까, 묻고 싶지만 '여자 친구'라는 말을 입에 담기조차 싫어 입술이 바들거린다.

"뭐어?"

영문을 모르겠다는 듯 마키오가 목소리를 높였다.

"옆에? 누구?"

"저기, 옅은 노란색 퍼프 원피스 입은…."

흑발이 예쁜 사람. 날씬한 체형에 팔다리가 가늘고 길다. 얼굴까지는 잘 보이지 않는다. 다만, 시바 씨에게 어리광 섞인 애교를 부리고 있다는 것은 알 수 있었다.

"모르겠는데? 어디?"

"아니, 저기 있잖아! 시바 씨한테 팔짱 낀 사람."

"시바 씨로 보이는 셔츠 입은 남자는 지금 혼자잖아."

누구 말하는 거야, 마키오가 답답하다는 듯 던지는 물음에 나는 "허어?" 하고 얼빠진 소리를 냈다. 앞을 둘러봤지만 시바 씨와 헷갈릴 만한 비슷한 복장의 사람은 보이지 않는다. 게다가 마키오가 아무리 눈이 나쁘다고 해도 눈앞에서 팔짱을 끼고 있는 사람이 안 보일 리는 없잖아.

"잠깐, 지금 나 기분 상할까 봐 안 보이는 척하는 거야? 그럴 때가 아니야. 일단 지금은 상황을 제대로 공유하고 싶다고."

"공유고 뭐고, 팔짱 낀 사람이 없는 걸 어떡하라고."

대체 뭐라는 거야, 마키오가 어이없다는 표정으로 나를 본다. 농담하는 기색은 없었고, 오히려 조금 짜증이 난 것 같았다.

"허어."

잠깐, 진짜로 안 보인다는 거야? 저기 있잖아. 시바 씨한테 팔짱 낀 사람이, 저기 떡하니 있잖아.

"잘 좀 봐 봐, 저기 있잖아! 옅은 노란색 원피스 입은 여자!"

소리치며 손가락을 뻗는 순간, 여자가 쓰윽 뒤를 돌아봤다. 정면으로 눈이 마주친다. 인형같이 예쁜 얼굴에 넋을 놓으려는 찰나, 그녀가 미움이 담긴 눈초리로 나를 노려보았다.

"헉."

그 기세에 압도되어 숨을 삼키고 말았다. 빳빳하게 굳어 멈춰 선 나를 본 그녀는 슬쩍 미소를 짓더니 그대로 고개를 돌렸다.

왠지 가까이 다가가면 안 될 듯한 느낌이 든다.

"와카, 뭐야, 왜 그러는데. 시바 씨한테 인사라도 하고 와야 하는 거 아냐?"

마키오가 의아해하며 물었지만, 지금은 그럴 때가 아니다.

저거 혹시, 정말 만약의 일이지만 혹시… 시바 씨한테 뭔가 씐 거 아닐까?

아무래도, 저 여자, 이 세상 사람이 아닌 것 같아.

"와카? 와아카아?"

"저기요, 절에서 태어난 T씨(온라인 오컬트 커뮤니티에서 자주 언급되는 가상의 캐릭터로 악령을 퇴치하는 능력을 지닌 인물로 통용된다—옮긴이)."

"뭐야, 뜬금없이 고등학교 때 별명으로 부르지 말라고."

마키오, 풀 네임 쓰루타 마키오(Tsuruta Makio라 'T씨'라는 별명에 들어맞는다—옮긴이)의 본가는 절이다. '쓰루마루'라는 이름의 절. 그러나 마키오는 둘째이기 때문에 장남인 쓰모루가 뒤를 이을 예정이다. 또한 마키오를 포함, 쓰루타 집안에 특별한 영적 능력이 있는 사람은 없다. 마키오의 아버지가 그렇게 말씀하셨다.

"마키오 눈에는 안 보였단 말이지?"

"아… 설마 그런 얘기였어? 난 아무것도 못 봤는데 뭐가 있었어?"

"있었어."

고개를 끄덕이며 발끝부터 바들바들 떨기 시작했다. 솔직히 난 겁도 많고 이런 심령 체험 같은 건 평생 하지 않은 채 죽고 싶었다. 다행히 지금까지는 그 바람대로 살아왔는데, 설마 이런 형태로 첫 체험을 하게 될 줄이야. 충격이다!

"마키오, 나, 영능력자가 될 거야."

도망치고 싶고, 못 본 걸로 하고 싶지만, 시바 씨를 위해서라면 내가 그쪽 세계에 발을 들여놓을 수밖에 없어.

내가 액을 막아 줄 수밖에 없다고!

“뭐라고? 와카, 너 괜찮아? 더위라도 먹은 거야? 물 좀 사 올까?”

“마키오, 나 사랑을 위해 용감하게 몸을 던질래.”

사랑을 위해서라면 뭐든 할 수 있어. 기다려요, 시바 씨. 내가 당신을 구원해 줄 테니.

나는 휴대폰을 꺼내 ‘귀신을 쫓아내는 영능력자’라는 문장을 검색창에 입력해 넣었다.

1부

'최애'가 모지항을 뜨겁게 하다

그날 나카오 미쓰리는 들떠 있었다.

태어나 처음으로 좋아하는 사람과 데이트할 때보다, 자신이 연재한 만화 〈페로몬 점장의 발칙한 하루〉가 '온라인에서 만나는 재미있는 만화 대상'에 입상했을 때보다 더 가슴이 뛰고 설레는지도 모른다. 어젯밤에는 12시에 잠자리에 들었지만 거의 자지 못했다. 심장이 쉬지 않고 빠르게 뛈박질한다. 정신이 하나도 없다.

"아아, 어떡해. 계속 이렇게 빠르게 뛰면 심장이 못 견디고 멈춰 버릴지도 몰라."

"그냥 휴가를 쓰는 게 낫지 않았을까요."

심호흡하는 미쓰리를 향해 냉정한 말을 던진 사람은 담배를 채워 넣던 히로세였다.

"쉬어 봤자 어차피 아무것도 손에 안 잡혔을 거야."

"그렇게까지 흥분할 일인가요."

잠시 손을 멈춘 히로세가 밖으로 시선을 돌린다. 8월의 거리에는 이미 아침부터 햇빛이 쏟아지고 있었고, 무서운 기세로 기온이 오르는 중이었다.

"흥분할 일이지 그럼. 난 Q-wick의 아루 군을 진심으로 좋아한다고."

오늘은 Q-wick의 사이바라 아루가 모지항의 일일 관광 대사로 활동하는 날이었다.

Q-wick는 규슈를 중심으로 활동하는 남성 아이돌 유닛이다. 멤버 여덟 명 모두가 규슈 출신이라는 점을 어필하고 있는데, 각자가 출신 지역의 사투리를 쓰는 것이 매력이다. 사이바라 아루는 후쿠오카현 기타큐슈시 출신이다.

"사이바라보다 쓰시마 다이치가 인기가 많지 않나요?"

가고시마 출신의 쓰시마는 단정한 스타일에 압도적으로 뛰어난 외모를 지닌 미소년이다. 애프터 눈 티를 즐기며 취미는 스콘 굽기다. 스스로를 '와시(일본어로 자신을 가리킬 때 쓰는 여러 표현 중 하나로, 특정 지방의 사람들이나 일부 고령자들이 주로 쓴다—옮긴이)'라고 부르며 걸쭉한 사투리를 쓰는데 그 반전 매력에 반하는 사람들이 많다.

그에 비해 사이바라는 '갈대남'이라는 별명으로 불린다. 그때그때 다른 캐릭터를 보여 주기 때문이다. 과묵하고 쿨한 스타일 같다가도 엄청난 '츤데레'의 면모를 드러내고, 병약하고 소심한 이미지를 보여 주기도 한다. 한번은 공식 트위터 계정에 '진짜 나를 알아주는 사람은 아무도 없어'라는 글을 올려 많은 팬의 걱정을 샀으나 곧이어 '나를 기다리는 운명의 상대는 지금 어디에 있을까', '언젠가 만나게 될 당신도, 이 석양을 바라보고 있겠지' 등의 시 같은 글을 연달아 올렸다. 다른 멤버에 비해 노래 실력이 특출난 것도, 춤을 잘 추는 것도 아니고, 외모도 그리 눈에 띄지 않아 이런저런 시행착오를 겪고 있을 것이라 짐작하는 팬들이 많았다.

"우리 학교 여자애들이 사이바라는 인정받고 싶은 욕구가 너무 커서 귀찮은 타입일 거라고 하던데요."

"하하, 어린 친구들 눈엔 그렇게 보일지도 모르겠네. 바로 그 아등바등 애쓰는 모습이 좋은 건데."

아직 모를 수도 있겠다, 미쓰리가 고개를 저으며 덧붙였다.

"자기가 발을 들인 곳에서 어떻게든 높이 올라가 보려고 시행착오를 반복하는 모습이 소중한 거야. 난 아루가 어떻게든 더 나서려고 애쓰고, 인상에 남을 만한 말을 하고 싶어 필사적으로 고민하는 모습을 보면 울컥한다고. 거기다 요즘은 시적인 감성에 빠져 있어서 더 좋아."

기억을 떠올린 미쓰리가 주먹을 꽉 쥐었다. 요즘 들어 사이바라가 올리는 글들은 하나같이 훌륭하다. 주옥같다고 표현할 수밖에 없다. 오타쿠 담론이 되어 버릴 테니 히로세에게는 굳이 말하지 않겠지만 《이세계에 소환당하고 보니 마술사의 어깨에 올라탄 어리숙한 마스코트가 되어 있었다》라는 라이트노벨 속 주인공을 방불케 하는 캐릭터라고! '이마어마'라는 별칭으로 불리는 이 라이트노벨은 아직 별로 유명하지 않지만, 언젠가는 분명히 인기를 얻을 것이라고 미쓰리는 확신하고 있었다.

주인공인 남자 고등학생이 어느 날 다른 세상에 소환당하게 되는데 어찌 된 영문인지 '큐르파'라는 소리밖에 내지 못하는, 다람쥐처럼 몽글몽글한 작은 동물이 되어 있었다. 설상가상으로 그곳에서 가장 높은 계급으로 알려진 여성 마술사가 그를 주워다 기르게 된다. 그렇게 마술사와 함께 새로운 세계에서 살게 된 주인공은 어느 날 자신에게 점지된 '운명의 상대'가 있음을 알게 되는데, 그 상대를 만나면 다시 인간의 모습으로 돌아갈 수 있다고 한다. 알고 보니 주인공은 용사로 그곳의 부름을 받은 것인 데다 운명의 상대가 마왕이었다는 사실. 이밖에도 쉴 새 없이 흥미진진한 이야기가 펼쳐진다. 그중 미쓰리가 제일 좋아하는 부분은 바로 주인공이 한 번씩 시인 같은 언행을 할 때다. '시나 읊고 있을 때가 아니잖아!'라고 구박하고 싶어지는 장면들을 유독 좋아하는데, 그런 모습이 사이바라와 무척 닮았다. 어쩌면 사이바라가 《이마어마》의 팬일지도 모른다는 생각이 들 정도였다.

꽤 그럴싸한 가설이라고 생각한다. 사이바라는 취미가 독서라고 했다. 공식 홈페이지의 프로필에는 다자이 오사무의 《굿바이》를 좋아한다고 나와 있다. 《굿바이》를 좋아하는 취향이라면 분명 라이트노벨도 좋아할 것이다.

"시행착오라. 고민하는 모습을 호의적으로 봐주는 건 좋네요."

흐음, 히로세가 이해한다는 듯이 말했다.

"보통 그런 모습을 보여 주는 건 창피하잖아요."

"어리면 어릴수록 더 폼을 잡게 되니까. 하지만 그런 부끄러운 모습까지 보여 주거든, 아루 군은."

시 같은 트윗을 남기는 것도 매력적이지만 무엇보다 어린 나이에도 열심히 사는 모습을 보이는 점이 좋다. 알 수 없는 영양소가 뿜뿜 뿜어져 나와 내 메마른 부분을 촉촉하게 적시는 느낌이 든다.

"그런 아루 군이 지금 모지항에 있다잖아. 같은 곳의 공기를 마시고 있다고. 하아, 최고야…."

사이바라가 모지항 일일 관광 대사로 임명된 것은 물론 기타큐슈 출신이기 때문이겠지. 다른 멤버도 같이 왔으면 좋았을 텐데, 라고 SNS에 아쉬움을 토로하는 Q-wick 팬들도 있었지만, 미쓰리는 대만족이다.

공식 발표된 일정대로라면 사이바라는 오후 1시부터 인력거를 타고 주변을 돌아볼 것이다.

"운 좋게 아루 군의 스케줄과 휴식 시간이 딱 겹쳤으니, 자전거 타고 같이 돌고 와야지!"

그러기 위해 오늘은 러닝화를 신었고, 아들 고세에게 빌려온 자전거도 만반의 준비를 마친 채 주차장에서 대기 중이다. 얼굴에는 자외선 차단제도 꼼꼼히 발랐다.

"관광 대사 활동, 오늘 딱 하루 아니에요? 옆에 붙어서 쫓아다니지 그래요?"

"아무리 팬이라도 계속 쫓아다니면 민폐잖아. 그래도 응원은 해 주고 싶으니까, 휴식 시간 한 시간으로 충분해."

솔직히 말하면 한여름에 온종일 쫓아다니기에는 체력이 달리는 것뿐이었지만 히로세는 "귀감이 될 만한 팬의 자세네요"라며 감탄한 듯 고개를 끄덕였다.

"가게에 오는 팬들도 좀 보고 배웠으면 좋겠네."

"아…."

그 점에는 동의한다. 쓴웃음을 지은 미쓰리는 "그러고 보니 점장님은 보러 갔겠네"라고 말하며 매장 안의 시계를 봤다. 점장인 시바 미쓰히코는 '시바 미쓰히코 팬클럽' 겸 고가네무라 빌딩 부녀회원 분들과 함께 사이바라를 보러 갔다.

사이바라는 기타큐슈 시청에서 임명식에 참가한 후 모지항역을 시작으로 구 모지 미쓰이 클럽, 구 모지 세관 등을 둘러보기로 되어 있었다. 인력거 투어의 마지막 코스는 추첨에 뽑힌 사람들과 시오카제호를 타는 것. 미쓰리는 가족 전원은 물론, 텐더니스의 직원들에게까지 부탁해 응모했으나 모두 낙첨되고 말았다. 괴롭다.

"점장님 일행은 프리미어 호텔 모지항에서 기다려 볼 생각인가 봐요, 부녀회 분들 체력을 생각해서. 뭐, 어차피 그분들의 목적은 점심 식사잖아요."

사실 부녀회 회원들은 Q-wick에 딱히 관심이 없다. 시바미쓰히코만 있으면 되는 분들이니, 점심 식사를 같이할 핑곗거리가 생겼을 뿐이다. 하지만 미쓰리가 사이바라의 팬이라는 사실을 알게 된 그들은 "사진 찍어 올 테니까 기대하고 있어!"라며 의기양양하게 길을 나섰다. 과연 결과는 어떨지.

손님의 방문을 알리는 멜로디가 울리자 "어서 오세요!" 하고 목소리를 높인다. 꼬마와 함께 들어온 엄마가 손수건으로 땀을 닦으며 "아이스크림 먹고 집에 가자"라고 아이에게 말한다. 밀짚모자 아래로 빨갛게 뺨을 붉힌 아이가 "바나나 모나카!" 하고 눈빛을 반짝이며 아이스크림 코너로 달려갔다.

"바나나 모나카, 인기 많네요."

히로세의 말에 미쓰리는 "규슈 페어, 꽤 성공적이라니까" 하고 답한다. 규슈에만 체인을 둔 편의점 텐더니스는 현재 '먹어서 규슈를 응원하는 페어'를 진행 중이다. 기간별로 규슈

각지의 특산품을 활용한 상품을 판매하고 있다. 지금은 모지항 특산물인 '바나나 아이스 모나카', 나가사키의 '멘보샤', 오이타의 '나카쓰 닭튀김' 등의 한정 상품이 진열되어 있다.

"특히 바나나 모나카는 기간 한정이라는 게 아까울 정도로 맛있으니까요."

"난 지난주에 판매된 흑돼지 조림을 다시 팔았으면 좋겠어. 우리 아들이 그 맛에 푹 빠졌거든."

먹어서 응원한다는 콘셉트에 걸맞게 모든 상품이 완성도도 높고 맛도 좋다. 이번 달 매출은 이미 전년도를 웃돌고 있다.

"아후, 더워!"

손님의 입장을 알리는 멜로디와 함께 등장한 사람은 점프슈트를 입은 남자였다. 유니폼이라 할 수 있는 옅은 녹색 점프슈트의 상의 부분을 허리에 묶었고, 상반신은 하얀 탱크톱 차림이다. 더운 날씨 탓인지 평소에는 부스스하게 풀어헤쳐 두던 머리를 하나로 묶은 모습이었다. 목에 두르고 있던 타월로 거칠게 땀을 닦더니 "하아, 여기가 천국이구나" 하고 중얼거리면서 눈을 가늘게 뜬 채 행복한 표정을 지었다.

"쓰기 씨!"

미쓰리보다 먼저 히로세가 밝게 인사를 건넸다.

"안녕하세요, 휴식 시간이세요?"

"차 에어컨이 갑자기 사망해 버렸어. 뜨거운 바람밖에 안 나와서 찜통 속에 있는 줄 알았다니까."

1.5리터짜리 스포츠 음료를 꺼내 든 쓰기가 이렇게 답하며 계산대로 걸어왔다. 돈을 내자마자 뚜껑을 열었다.

"얼른 지인한테 정비소를 빌려서 수리해야겠어. 오늘 안에 못 고치면 지옥행이라고."

"쓰기 씨가 직접 고치는 거예요?"

"스스로 고칠 줄 모르면 저런 오래된 차는 못 타고 다니지."

히로세가 쓰기와 대화하는 모습을 보고 있는 사이, 아까 들어온 엄마와 아이가 다른 계산대 앞에 섰다. 남자아이의 손에는 바나나 모나카가 들려 있다. 미쓰리가 계산을 하는 동안 쓰기는 가게를 떠났다.

휴식 시간이 다가오자, 단장을 마친 미쓰리가 가게를 뛰쳐나간다. 자전거와 함께 아들에게 빌려온 야구 모자를 쓰고 목에는 냉감 스카프를 감았다. 자전거에 올라탄 미쓰리는 "일단은 역 앞으로 가 보자"라며 힘차게 페달을 밟았다.

요란스럽게 울어 대는 매미 소리. 달궈진 아스팔트가 뜨겁다. 가게에서 나온 지 얼마 되지도 않았는데 관자놀이 위로 땀이 흘렀다. 이런 날씨라면 인력거를 타고 긴 시간 이동하지는 않을 것이다. 땀을 식힐 수 있는 곳, 그러니까 모지항 레트로 해협 플라자나 규슈 철도 기념관 주변에서 머물 가능성이 높다. 다급하게 생각을 정리하며 페달을 밟아 나간다.

아니나 다를까, 모지항역 앞에는 없었다. "환영합니다, 사이바라 씨!"라는 현수막은 여기저기 걸려 있었지만 사람도 많지 않았다. SNS에 검색해 봤다.

"빙고. 해협 플라자!"

올라온 글을 발견하고 휘파람을 불었다. 다시 자전거에 올라 프리미어 호텔 모지항 앞을 지나 해협 플라자로 향하는 순간 "나카오 씨" 하고 부르는 나긋한 목소리가 들려왔다. 돌아보니 여러 명의 여성에게 둘러싸여 서 있는 시바의 모습이 보인다.

"무슨 전하라도 납신 줄 알았네."

미쓰리가 무심코 중얼거렸다. 양산을 든 여성들이 너도나도 시바에게 그늘을 만들어 주고 있었다. 그들의 절반 정도가 기모노를 입고 있어 그런지, 순간적으로 시녀들을 몰고 다니는 임금의 모습처럼 보였다.

"아루 씨 찾아다니는 거예요? 지금 이쪽을 한 바퀴 돌고 해협 플라자에서 내렸다는 소식을 듣고 저희도 그쪽으로 가는 중이에요."

"점심 너무 맛있었어. 소화도 시킬 겸 걸어가면 딱 좋지 뭐."

다들 태평해 보였지만, 미쓰리에게는 시간이 별로 없었다.

"그럼, 그쪽에서 만나요!"

말 끝나기가 무섭게 페달을 밟는다.

잠시 후 미쓰리는 잠깐 자전거를 세우고 청각에 정신을 집중했다. 보통 이럴 때는 북적거리는 쪽으로 가면 된다. "저쪽이구나!" 혼잣말을 내뱉는 동시에 페달을 밟는 발에 힘을 주며 달리기 시작했다.

사이바라 아루는 바다가 보이는 테라스 좌석에 앉아 음료를 마시고 있었다. 파라솔이 적당한 그늘을 드리웠고 바닷바람도 부드럽게 불고 있다. 몰려든 사람들이 그를 가운데에 두고 지름 2미터 정도의 원을 이루고 있었다.

"아아, 아루 군!"

인파 너머로 그의 모습을 발견한 미쓰리는 자기도 모르게 소리를 질렀다. 얼굴이 진짜 작다. 골격도 너무 섬세해. 이렇게 몽환적인 모습으로 그렇게 격렬한 춤을 춘단 말이야? 큰일이다, 큰일이야. 죽을 것 같아. 아아, 맛있는 걸 곱빼기로 먹이고 싶다! 생선? 역시 고기가 좋으려나? 뭐든 말만 해!

사이바라는 미디어에서 볼 때보다 화려했고, 또 귀여웠다. 스물두 살인 걸로 알고 있는데 고등학교 3학년인 고세와 별반 다르지 않다. 이렇게나 어린 친구가 눈 뜨고 코 베인다는 연예계에서 필사적으로 애쓰고 있는 거구나….

"하아, 대단해라."

일거수일투족이 심장을 콕콕 찌른다. 정장 차림의 남자가 무언가를 건네자 곧바로 얼굴이 환해진다.

"우와, 바나나 아이스 모나카잖아!"

텐더니스의 바나나 아이스 모나카를 건네받은 사이바라는 "이거 진짜 맛있죠!"라며 주위 사람들을 보고 웃는다.

"저 이거 너무 좋아해요. 텐더니스에서 1년 내내 팔았으면 좋겠다니까요."

미소 짓는 얼굴 위에 누가 CG를 씌워 놓은 것 같다. 반짝반짝, 빛이 쏟아진다.

너! 무! 귀! 여! 워!

미쓰리는 순간적으로 현기증을 일으키고 만다. 우리 가게에 있는 아이스크림, 죄다 갖다주고 싶어. 이제부터 바나나 아이스 모나카, 미친 듯이 팔아 주겠어. 기간 한정이 아닌 정규 메뉴가 될 수 있도록 매일매일 건의해야지. 아루 군이 먹고 싶을 때 언제든지 먹을 수 있는 상품으로 만들고 말겠어…! 머릿속으로 한바탕 몸부림을 치며 절규한 후 미쓰리는 무심결에 한숨을 내쉬었다. 그리고 먼 곳을 바라보았다.

그나저나, 두려울 정도로 굉장하구나…. 3D의 세계.

최근 몇 년 동안 2D 캐릭터 '덕질'만 해 왔는데 3D도 참 좋네. 2D가 아름답게 세공된 신의 디저트라면, 3D는 갓 지은 쌀밥을 입에 넣는 것처럼 강력하다. 양쪽 모두 매력이 있어 우열을 가릴 수 없지만, 오랜만에 먹는 쌀밥은 놀라울 정도로 맛있구나. 지나치게 맛있어. 이렇게 과할 정도의 에너지가 생기다니, 장난 아니잖아?

"바나나처럼 생긴 게 괜히 얄밉다니까."

사이바라가 기쁜 표정으로 아이스크림을 덥석 물었다. 아아, 당장 본사랑 협의해서 바나나 아이스 모나카 전문점이라도 낼까? 필요하다면 자전거를 타고 돌아다니는 이동 판매도 불사하겠어! 미쓰리가 마음속으로 외칠 때쯤 "갈대남 말고 쓰시마 왕자나 부르지" 하는 무신경한 목소리가 들렸다.

"쓰시마 왕자는 이부스키에서 관광 대사 활동한다며? 가고시마 사람들은 진짜 좋겠다. 왜 우리는 갈대남이냐고."

어이, 도대체 어떤 바보가 이런 말을. 희번덕거리는 눈으로 소리가 들려온 쪽을 노려보자 이십 대 중반쯤 되어 보이는 두 명의 여성이 지루하다는 듯 휴대폰을 만지작거리고 있었다. 그러면서도 중간중간 사이바라 쪽을 보고는 헤벌쭉거린다.

"후쿠오카 멤버랑 좀 바꿔 주지, 정말. 제일 존재감이 없잖아."

"후쿠오카는 안 돼. 거긴 벌써 끝났어. 내 최애 시마부쿠로 군은 오키나와 출신이잖아, 난 오키나와에 살고 싶어."

"맞아. 시마부쿠로 군 복근 섹시하더라."

"갈대남은 영 매가리도 없고. 너무 말랐다니까."

목소리가 너무 크다. 주위 사람들이 불편한 티를 내는데도 두 여성의 대화는 멈출 줄을 몰랐다. 다른 멤버들은 너무 멋있는데 그에 비해 사이바라는 이렇고 저렇다는 이야기의 반복이었다.

이 사람들이! 멋대로 떠들 거면 카페라도 가든가! 왜 굳이 여기까지 와서 큰 소리로 욕을 하고 난리야. 이 정도면 오히려 좋아하는 거 아냐? 일주일 내내 설사나 해라! 수준의 저주를 눈으로 퍼붓고 있는데 "그러면 안 되죠" 하는 목소리가 들려왔다.

"응원하러 오신 거잖아요? 그런 말로 시선을 끄는 것보다 따뜻한 마음을 담은 말을 건네는 편이 더 잘 전해질 텐데요."

오, 전하! 아니, 점장님!

그곳에는 온화하게 미소 짓는 시바가 있었다.

"아루 씨가 쳐다볼 때마다 가슴이 철렁하셨죠? 관심 있어서 왔으면서 그러면 안 되죠."

"그러게. 당신들 말이야, 그런 행동이 좋아하는 사람의 발목을 잡는다는 걸 알아야지."

쓱 앞으로 나온 사람은 부녀회 2대 회장인 이시바시였다. 실크 기모노를 단아하게 걸친 그녀는 "여기서 무례한 말을 뱉을 때마다 당신들이 좋아한다는 그 멤버의 품위도 떨어지는 거야. 이렇게 교양 없는 팬이 있다니, 그 사람한테도 수치잖아"라며 부드럽게 말했다. 하지만 범접할 수 없는 카리스마가 느껴졌다. 이시바시는 예전에 초등학교 교사였는데 그래서인지 말에 설득력이 있었다. "맞는 말이야", "좋아하는 사람을 괴롭히다니 초등학생들이나 하는 짓이라고." 이시바시 뒤의 부녀회원들이 한마디씩 보탠다.

"하? 뭐야, 이 아줌마들."

두 여성이 얼굴을 붉히며 말했다.

"왜 이러는 건데, 무섭게!"

"아아, 그건 죄송해요. 제가 갑자기 말을 거는 바람에."

한 발짝 앞으로 나온 시바가 고개 숙여 사과하며 살짝 웃었다.

"이렇게 멋진 여성분들 입에서 가슴 아픈 말이 나오는 걸 듣고 싶지 않았어요. 그래서 저도 모르게…."

두 사람의 얼굴에 당황한 기색이 스치는가 싶더니, 이내 창피해하는 표정을 지었다.

"그, 그게… 저희도 죄송해요!"

더듬거리듯 말한 여성이 "가자" 하고 일행의 손을 잡아끈다. 끌려가는 사람도 황급히 고개를 숙였고, 그대로 두 사람은 도망치듯 사라졌다.

"점장님! 대단해요!"

미쓰리는 자기도 모르게 시바에게 달려가 등을 톡톡 두드렸다.

"방금은 너무 멋졌어요. 방금 그건 감동이네요. 방금 건, 진짜 잘하셨어요!"

큰소리 한번 내지 않고, 깔끔하게 정리해 줬다. 완벽했다.

"방금, 방금이라고 몇 번이나 강조하는 걸 보니 평소의 저는 어지간히 별로였나 봐요."

시바가 시무룩하게 하는 말에 "평소 모습에 대해서는 나중에 히로세한테 얘기하라고 할게요"라고 받아치자 "그럼, 절대 좋은 말은 못 듣잖아요" 하고 점점 더 힘없이 어깨를 늘어뜨린다. 그런 시바의 모습에 "밋짱이야 항상 멋있지", "그럼, 언제나 근사하다고"라며 부녀회원들이 한마디씩 건넸다.

"저… 아까는 감사했습니다."

감사의 말을 전하며 다가온 이는 조금 전 사이바라에게 아이스크림을 건네던 남성이었다. 고개를 갸웃거리는 시바에게 "사이바라의 매니저, 이마나미라고 합니다" 하고 머리 숙여 인사한다.

"제가 먼저 그분들한테 얘기했어야 하는데, 죄송합니다. 덕분에 큰 도움을 받았어요."

"아뇨, 아닙니다. 일부러 인사까지 하러 와 주시고…."

"그런데 여기에는 어떻게들 오셨는지…."

이마나미가 신기하다는 눈빛으로 미쓰리와 일행들을 둘러보며 묻자, 이시바시가 시바를 손으로 가리키면서 "이분이 우리 '최애'예요. 우리는 이분의 팬클럽 멤버들이고요"라며 태연하게 답했다. 팬클럽 멤버로 보이는 것만큼은 참을 수 없었던 미쓰리가 "저는 따로 온 거예요!" 하고 소리쳤다.

"저는 편의점 직원이고 이분은 점장님이세요. 여기 계신 분들은 손님들이시고요."

이마나미는 설명을 들은 후에도 "아아, 그러니까 여러분의 최애인데 편의점 점장님이시라고요?"라며 여전히 의아해하는 표정을 지었다. 하긴, 이해가 안 될 만도 하지. 미쓰리는 쓴웃음을 지었다.

"그냥 모지항 주민들이에요. 아, 아루 군의 팬이기도 하고요!"

마지막 부분은 더 큰 목소리로 말했다. 여전히 이마나미의 맞은편 벤치에 앉아 있는 사이바라에게도 들렸으면 좋겠다는 기대를 담아 그쪽을 바라보는데 사이바라와 눈이 마주쳤다. 그가 싱긋 웃으며 살짝 고개를 숙이자, 미쓰리의 가슴에 따뜻한 무언가가 퍼지기 시작했다.

아아, 지금만큼은 시바 점장에게 맥을 못 추는 사람들의 마음을 이해할 수 있을 것 같다. 항상 '적당히들 좀 하지'라고 생각해 왔는데, 제가 잘못했네요. 회개하겠습니다.

오랜만에 마음 깊숙한 곳까지 충만해진 미쓰리는 지나친 충족감에 빠져 왈칵왈칵 넘쳐흐르는 감정에 흠뻑 젖어 가고 있었다.

덕분에 시간 감각마저 희미해져 휴식 시간이 끝나기 직전에야 아슬아슬하게 가게에 도착하는 실수를 범하고 말았다. 그 후로도 한동안 꿈속에 있는 듯한 기분으로, 저 멀리 어딘가에 마음을 두고 온 것 같은 상태가 계속되었고, 히로세에게 "죄송하지만, 지금부터 이를 좀 꽉 물고 일해 주실래요?" 라는 말을 들었다. 여기 보세요, 라며 건네는 손거울을 받아 들여다보니 자기가 봐도 어이가 없을 정도로 헤벌쭉한 모습이었다.

"입 주변 근육이 바보 같아요."

"히로세 군, 너무 신랄하잖아…. 하지만 맞는 말이야…."

그래, 일하는 모드로 변환해야지. 어금니를 꽉 문 미쓰리였지만, 퇴근하기 전까지 몇 번이고 "꽉 물라니까요!" 하고 구박을 받아야 했다.

*

꿈같던 그날로부터 열흘이나 지났지만 미쓰리의 기분은 여전히 둥둥 떠다니고 있었다. 자신도 모르게 들떴는지, 요즘 저녁 식탁을 평소보다 호화롭게 차리는 모양이었다. "엄마, 이게 다 무슨 일이야?" 고세가 기뻐하는 건지 걱정하는 건지 알 수 없는 얼굴로 이런 질문을 했을 정도였다.

“우와, 쓰기 씨, 그게 뭐예요?”

10시가 넘어 손님들의 발걸음이 조금 잦아들었을 때쯤, 이제는 버릇처럼 그날을 되새김질하며 상품을 보충하는데 크게 소리친 히로세가 끅끅거리며 웃는 소리가 들렸다. 무슨 일인가 싶어 시선을 돌리자, 쓰기의 모습이 눈에 들어왔다, 그런데 그의 등 뒤 차가 평소에 보던 것과 다르다.

원래 쓰기의 애차는 ‘무엇이든 맨’이라는 로고가 적힌 미니트럭이다. 그러나 주차장에 세워진 차는 옅은 노란색 밴이었다. 귀여운 곰과 토끼 그림이 그려져 있는.

“차가 고장 나서 수리하려고 부품을 주문했는데 아직 도착을 안 했어. 그래도 밀린 일은 해야 하니까 급한 대로 빌려왔지.”

보아하니 예전에 유치원 셔틀 버스였던 차인가 보다. 내부를 개조해 짐칸으로 쓰고 있는 모양인데 조그마한 어린이용 좌석이 딱 두 개만 남아 있어서 저절로 미소가 지어졌다. 안을 들여다본 미쓰리는 고세가 유치원에 다니던 시절을 떠올리며 “아, 옛날 생각나네”라는 말을 흘렸다.

“하아… 이런 차에 자그마한 꼬마들이 쪼르르 탔었지. 고세는 매일 엉엉 울었어. 너무 심하게 우는 바람에 이웃 아저씨가 무슨 일이냐면서 뛰쳐나오고 그랬는데.”

지금이야 더 이상 품 안의 자식이 아니지만, 고세는 어릴 때 엄마 껌딱지였다. 엄마가 좋아, 엄마랑 있을래, 라며 울며 발버둥 치곤 했다.

"이제 이거 타고 나카쓰에 가서 낡은 저택의 짐 정리를 도와야 해. 가기 전에 배 좀 채워야겠다."

쓰기가 가게 안으로 들어서자, 미쓰리도 다시 일을 시작했다. 부지런히 진열대에 과자를 정리하고 있는데 "수고가 많아요"라는 인사와 함께 오늘 근무가 없는 시바가 나타났다.

"안녕하세요, 점장님. 어쩐 일이세요?"

"아, 이런 걸 만들어 봤는데 계산대에 놓아둘까 해서요."

시바가 손에 들고 흔드는 것은 코팅된 종이였다. 건네받은 미쓰리가 쓱 훑어보더니 "아, 이거 좋네요" 하고 중얼거린다.

종이에는 큰 글씨로 '봉투 필요합니다, 필요 없어요'라고 적혀 있었다. '손가락으로 짚어 주세요'라는 글귀와 함께.

봉투가 유료화됨에 따라, 계산할 때마다 봉투 제공 여부를 반드시 확인해야 했다. 손님 대부분은 "주세요" 혹은 "장바구니 있어서 괜찮아요" 등으로 대답해 주지만, 개중에는 "필요 없다고!", "귀찮게 일일이 물어보지 마"라며 화를 내는 사람도 있다. 이걸 보여 주며 "어느 쪽으로…"라고 물어보면 편할 것 같다.

하지만 시바의 목적은 다른 데 있었다.

"요즘 오시는 손님 중에 난청인 분이 계시잖아요. 불편하실 것 같아서 마음에 걸리더라고요."

"아!"

뒤늦게 그 손님을 떠올린 미쓰리는 부끄러워졌다. 불과 사흘 전에 그 손님의 계산을 맡았었다. 평소에는 장바구니를 가져와 물어보기 전에 보여 주었기 때문에 문제가 없었는데 그날은 어쩌다 깜빡한 모양이라, 계산 후 소통이 그다지 매끄럽지 못했다. 시바는 아마 그 상황을 지켜보고 있었을 것이다.

"젓가락이나 물티슈, 결제 방법 등도 적어 놓으면 좋을 것 같은데, 일단은 이것부터 시험해 보자고요."

"아주 좋은 생각 같아요."

이 사람은 정말 대단하구나, 미쓰리는 감탄했다. 손님에게 좀 더 나은 서비스를 제공하기 위해 끊임없이 고민한다. 그날 일을 쉽게 잊은 스스로가 한심했다.

손님의 입장을 알리는 멜로디가 울리고, 반사적으로 "어서 오세요!" 하고 인사를 했다. 반소매 후드 티를 입은 남성이 가게 안으로 들어오고 있었다. 후드를 뒤집어쓰고 있어 얼굴은 보이지 않는다. 반소매 아래로 드러나는 가느다란 팔과 옷으로도 가려지지 않는 여린 모습에, 나이가 어린 사람이라는 사실만 파악할 수 있었다.

"어서 오세요! 아, 나카오 씨. 저는 이것만 붙여 놓고 갈게요."

시바가 계산대 방향으로 몸을 돌리는 순간, 후드 티를 입은 손님이 황급히 뛰어와 시바의 팔을 붙잡았다.

“저어어어어어, 저기! 지난번엔 감사했습니다!”

조급한 목소리에 미쓰리가 숨을 삼켰다. 어? 설마.

남성이 쓰고 있던 후드를 벗었다. 그 얼굴을 본 미쓰리는 “꺄아!” 하고 비명을 질렀다.

“사이바라 아루, 군!”

필사적인 표정의 주인공은 다름 아닌 사이바라였다.

“아아, 그때 뵀던.”

느닷없이 붙잡히는 것이 일상다반사인 시바는 태연한 모습이었다. “저는 인사받을 만한 일을 한 적이 없는걸요?” 하고 미소 지었다. 그 웃는 얼굴에 사이바라는 “후아아아아” 하고 한숨 섞인 목소리를 흘렸다.

“아, 역시 고블린 가문의 알프레드다….”

대체 왜 여기에 사이바라가? 눈앞의 상황을 아직 받아들이지 못한 미쓰리였지만, 사이바라의 혼잣말에 정신이 번쩍 들었다. 고블린 가문?

“환생한 김에 고블린 가문에 들어갑니다?”

자신도 모르게 뱉은 목소리가 바들바들 떨렸다.

《고블린 가문》은 요즘 큰 인기를 얻고 있는 라이트노벨로, 미쓰리 역시 그 책의 독자다. 좋아하는 작품이냐고? 엄청나게 좋아한다. 제목만 보고는 상상이 되지 않는 가혹한 전개의 소설로, 사랑하는 고블린과 함께 살고 싶다는 일념만으로 고난을 극복해 가는 주인공 아일리의 모습이 좌우지간 애처롭고 갸륵하다. 3권에서 인간 종족인 아일리와 거리를 두던 고블린이 아일리를 지키려다 사교도의 손에 목숨을 잃을 뻔했던 장면에서는 눈물이 폭포처럼 흘렀다. 이제는 그 페이지의 첫 글자가 눈에 들어오기만 해도 눈시울이 뜨거워진다.

알프레드는 인간 종족의 꽃미남으로 벌레 한 마리도 해치지 못할 온화한 분위기의 소유자지만 실은 아일리를 집착하다시피 사랑하는 사이코패스다. 아일리를 위해서라면 어떤 모함도 서슴지 않고, 나라를 뺏는 일조차 마다하지 않는다. 앞서 고블린을 도운 것이 바로 알프레드였으나 그 이유가 무려 “더 잔혹한 방법으로 죽일 계획을 세우고 있었는데 이렇게 망칠 수 없다”는 것이었다.

“어? 《고블린 가문》 독자세요? 저 그 작품 무지하게 좋아해요!”

사이바라가 미쓰리를 향해 말하며 싱긋 웃자 미쓰리의 심장이 요동친다. 아아, 또다시 평정심이 무너지고 있다.

“이분, 알프레드랑 너무 닮지 않았어요? 지난번에도 ‘내니즈’를 몰고 오셨잖아요.”

“어? 아아, 내니즈….”

알프레드가 끌고 다니는 여성의 무리다. 그를 키운 유모들로 구성되어 있는데 알프레드를 위해서라면 어떤 일이든 불사하는 사람들로, 이 역시 위험한 집단이다.

어쩌면 딱 떨어지는 비유일지도 모른다.

미쓰리는 무심결에 납득하고 말았다. 결국 그 내니즈도 알프레드의 팬클럽과 마찬가지니까. 사랑스러운 알프레드를 위해서라면 뭐든 하는 '애정 폭주 집단'이라고 표현하면 팬클럽 분들에게 너무 큰 실례려나.

"그날은 진심으로 '알프레드와 내니즈가 날 도우러 와 줬구나'라고 생각했어요. 그래서 이마나미 씨에게 물어보니 근처 편의점의 점장님인 것 같다고 해서 오늘 이렇게 찾으러 왔더니…."

딱 만난 거죠! 시바에게 팔짱을 낀 채 사이바라는 환희에 찬 목소리로 말했다.

"그… 저는 시바라고 하는데요, 알프 어쩌고가 아니라."

"알죠, 알아요! 상관없어요, 제 마음속의 알프레드 님이기만 하면!"

와, 이제 '님' 자까지 붙이기 시작했어. 미쓰리가 머릿속으로 놀리듯 한마디 던지는데 히로세가 "저쪽으로 가서 얘기하시죠"라며 탐탁지 않은 듯 말한다.

"누구신지 몰라도 영업에 방해되거든요. 점장님한테 볼일이 있으면 저쪽에 가서 말씀하세요."

아아, 역시나 한결같은 히로세 군! 이제야 정신을 차린 미쓰리는 히로세를 향해 손을 모아 절을 올렸다. 잘못했습니다, 저 일하는 중이었죠!

"아, 죄송해요, 죄송해요. 지금 물건 살게요. 아, 알프레드 님, 어디 가서 잠깐 얘기 좀 할 수 있을까요?"

"네? 아아, 어, 그래요. 그럼, 옆에 있는 취식 코너에서 얘기할까요? 저도 마침 커피 한잔 마시고 싶었으니까."

"와, 신난다! 감사합니다!"

매장용 바구니를 든 사이바라는 마치 시바와 팔짱을 낀 듯한 모양새로 망설임 없이 쏙쏙 물건을 집어 담았다.

"저어, 저기, 그렇게 많이 안 사셔도 얘기 들을게요."

주저하지 않고 이것저것 담는 모습을 본 시바가 서둘러 저지했다. 하지만 사이바라는 "그런 거 아녜요. 그냥 제가 편의점을 너무 좋아해서 그래요"라며 태연하게 답했다.

"신상품이나 콜라보 제품 같은 게 나오면 막 두근거린다니까요?"

싱글벙글 웃으며 가게 안을 누비는 사이바라를 눈으로 좇으며 계산대 안으로 돌아온 미쓰리는 "아니, 이게 말이 돼?" 하고 히로세에게 물었다.

"내 일상의 공간에서 최애가 움직이고 있어, 이게 무슨 기적이냐고. 봐 봐, 저 얼굴. 고귀해. 고귀하다는 말밖에 안 나온다고. 아아, 망막에 새겨야지. 힘들 때 언제든 머릿속에 그릴 수 있게 완전히 새겨 버릴 거야….”

“나카오 씨, 사이바라 얘기만 나오면 인격이 달라지는데 괜찮은 거예요?”

평소에 숨겨 뒀던 부분이 줄줄 새어 나오는 미쓰리를 보고 히로세가 당황스럽다는 듯 말했지만 미쓰리 본인은 자각이 없었다.

아아, 멋있다. 멋있어. 그나저나 라이트노벨을 좋아할 것 같다는 내 예상이 딱 들어맞았잖아. 설마 고블린 가문의 알프레드와 점장님을 연결할 줄이야. 아니, 그보다 점장님은 알프레드 타입이 아니지 않나? 외모나 유모들의 존재 때문에 언뜻 그렇게 보일 수도 있지만 성격이 문제다, 성격. 주인공에게만 은밀한 독 같은 사랑을 쏟아붓는 알프레드와 박애정신으로 똘똘 뭉친 점장은 오히려 정반대 캐릭터다.

“누구지, 저 사람은?”

미쓰리가 눈앞에 놓인 바구니에 흠칫 놀랐다. 쓰기가 서 있었다. 두 사람을 보더니 “밋츠 옆에 있는 사람, 어디서 본 거 같은데” 한다.

“쓰기 씨! Q-wick이라는 아이돌 그룹의 사이바라 아루 군이에요.”

대답한 사람은 히로세였다.

“무슨 일인지, 점장님을 만나러 온 모양이에요.”

“흐음. 아, 미쓰리 씨, 도시락 좀 데워 줄래요?”

“네. 이것도 같이 데울까요?”

이러면 안 돼, 일하자 일. 고개를 휘휘 저은 미쓰리가 부지런히 계산을 한다.

“네, 같이 데워 줘요. 아, 히로세 군. ‘한입 프라이드치킨’ 두 개만.”

쓰기는 2인분은 족히 돼 보이는 음식을 구입한 후 취식 코너로 모습을 감췄다.

“계산 부탁드립니다.”

히로세가 담당하는 계산대 앞에 선 사람은 사이바라였다. 바구니 가득 물건이 담겨 있는 것이 보인다.

“어디에 있는 어느 편의점인지 몰라서 닥치는 대로 돌아다녔더니 허기가 져서요.”

생글거리며 시바에게 말을 건네는 사이바라를 미쓰리는 조금 떨어진 곳에서 지켜본다. 아… 귀여워. 그나저나 히로세 군, 이런 상황에서도 전혀 평정심을 잃지 않다니 대단해. 그 정도면 재능이다….

그 후 두 사람은 곧바로 취식 코너로 이동했다. 한숨을 내쉬고 있을 때 “안녕하세요”라는 인사와 함께 일명 우쿨렐레 군, 다카기가 나타났다.

"나카오 씨, 연장 근무 부탁해서 죄송했어요. 고양이, 이젠 괜찮습니다."

이제 퇴근하셔도 돼요, 우쿨렐레 군이 말했다. 미쓰리는 원래 오후 1시에 퇴근하는 스케줄로, 우쿨렐레 군이 교대로 들어올 예정이었는데 그가 키우는 마담 카메론, 애칭은 론론인 고양이의 건강이 좋지 않다며 병원에 다녀올 때까지만 근무를 연장해 달라는 부탁을 받았다.

"론론, 어디가 안 좋은 거래?"

"밥을 전혀 안 먹길래 분명 어딘가 문제가 있다고 생각했는데 선생님 말씀이 단식 농성을 벌이는 거래요."

"단식 농성?"

"늘 먹이던 바삭바삭한 고양이 사료 사 두는 걸 깜빡하는 바람에 딱 두 번, 걸쭉한 사료를 줬거든요. 그게 입에 더 맞았는지 원래 먹던 바삭한 사료는 이제 싫은가 봐요."

"아, 이거 말고 지난번에 먹던 거 내놔! 라는 농성이구나."

귀여운 이유에 미쓰리 얼굴에 미소가 퍼진다. 히로세가 "가끔 보면 고양이 사료 중에도 진짜 맛있는 냄새를 풍기는 것들이 있더라" 하고 감탄하듯 말했고, 우쿨렐레 군은 "한심하다니까" 하고 눈살을 찌푸렸다.

"내 실수로 다른 맛을 알게 하는 바람에 마담 카메론을 고

생시킨 거야. 마담 카메론한테는 바삭바삭한 게 더 좋은데 걸쭉한 걸로 바꿀 수도 없고."

우쿨렐레 군은 마담 카메론에게 푹 빠져 있는 상태다.

"아무튼 그래서, 이제는 괜찮습니다. 나카오 씨, 폐를 끼쳐서 죄송했어요."

깍듯이 고개를 숙인 우쿨렐레 군의 손을 꼭 잡으며 미쓰리는 "오히려 내가 고마워"라며 진심을 담아 답했다.

"정말로 고마워. 다음에 론론에게 걸쭉한 사료, 아니, 안 되지. 쥐 장난감이라도 선물하게 해 줘!"

우쿨렐레 군이 평소처럼 출근했으면 미쓰리는 연장 근무를 안 했을 것이고, 그러면 사이바라를 만날 수도 없었을 것이다. 모든 게 론론 덕분이라 해도 과언이 아니다.

"네? 아, 하아?"

우쿨렐레 군은 당황한 듯했지만, 옆에 있던 히로세는 히죽 웃으며 "이제 가도 되는 거 아녜요?"라며 취식 코너를 가리킨다.

"어? 어어? 그건 좀 그렇지 않나?"

"점장님 말고 쓰기 씨 쪽으로 가면 되잖아요. 아까 사 간 양을 보면 다 먹을 때까지 시간 좀 걸릴 것 같던데."

"히로세 군, 최고."

직원실로 달려가 엄청난 속도로 옷을 갈아입었다. 평소 어지간해선 보지도 않는 거울 앞에 서서 머리 스타일과 화장을 손본 미쓰리는 홍차 페트병과 미니 슈크림을 재빨리 사서 취식 코너로 뛰어 들어갔다.

4인용 테이블에 시바와 사이바라가 마주 보고 앉아 있다. 쓰기는 카운터석에 자리 잡은 채 우걱우걱 음식을 먹고 있었다. 미쓰리는 "옆에 앉아도 돼요?" 하고 쓰기에게 말을 걸었다.

"아, 앉아요. 미쓰리 씨는 오늘 근무 끝인가?"

"네. 출출해서 간단히 먹고 가려고요."

홍차와 미니 슈크림을 올려놓고 옆자리에 앉자 쓰기가 "그건, 양이 너무 적은 것 같은데"라며 "잘 먹어야 더위에 버티지. 이것도 먹어요. 아직 손 안 댄 거니까" 하고 덧붙였다.

쓰기가 건넨 것은 '피시 소스 향 매콤 당면 샐러드'였다. 이번 여름에 나온 신상품인데 그 샐러드 위에 아보카도가 데굴데굴 굴러다니고 있다. 그러고 보니 아까 냉동 아보카도도 샀던 것이 생각난다.

"슬슬 아보카도가 녹아서 맛있어질 테니 잘 섞어 먹어 봐요."

사용하지 않은 나무젓가락을 건네받은 미쓰리가 "아, 그럼 잘 먹겠습니다" 하고 손을 모아 인사하고는 샐러드 컵을 집어 들었다.

시원한 아보카도가 입안에서 사르르 녹아내렸다. 참기름과 피시 소스 향이 잘 배어든 당면과 목이버섯이 한데 어우러져 감칠맛을 더한다.

"와, 맛있다."

"그렇죠? 아보카도가 녹을 때까지 시간이 좀 걸린다는 단점이 있지만 셔벗 상태로 먹어도 맛있어요."

"그렇군요."

아보카도의 심에 가까운 부분은 아직 얼어 있었는데 그마저도 맛있었다. 먹고 있자니 "알프레드 님과는 역시 생각이 다르네요"라고 말하는 사이바라의 늘어진 목소리가 들렸다.

"당연한 일인데. 다 알고 있었으면서도 충격을 받는 제가 이상한 거겠죠."

"충격받을 만한 일은 아닐 것 같은데."

슬쩍 돌아보니 시바가 난처하다는 듯 미간을 찌푸리고 있었다.

"좋아하는 여성과 라이벌이 벼랑 끝에서 떨어질 것 같은 순간 어느 쪽을 도와줄 거냐는 질문이잖아요? 좋아하는 여자랑 같이 떨어지겠다는 답은 웬만해선 안 나올 거 같은데요."

대체 무슨 질문을 한 거야, 아루 군!

순간적으로 두 사람의 대화에 신경이 쏠린 미쓰리였다.

하긴, 알프레드라면 그렇게 대답하겠지. 하지만 점장님은 그런 답을 할 사람이 아니다. 제 목숨을 내놓을 테니 두 사람을 다 구하는 방법은 없나요? 라고 물어볼 사람이라고.

"그리고 전 제 소중한 사람의 행복이 제 곁에 있는 게 아니라면 떨어져 있어도 괜찮다고 생각해요. 감금이나 구속 같은 그런 류에는 관심도 전혀 없고요."

아, 잠깐! 잠깐만, 아루 군! 도대체 무슨 이야기를 하고 있었던 거냐고! 아루 군의 입으로 구속 같은 단어를 뱉었단 말이야? 거짓말이지? 미쓰리가 소리 지를 뻔한 것을 간신히 참고 있는데 사이바라가 "하아, 제가 잘못한 거 같아요"라며 머리를 긁적인다.

"이러면 안 되는데. 저도 제 이상을 상대에게 강요하려고 했네요."

촉촉해진 목소리에 미쓰리는 깜짝 놀라고 말았다. 슬며시…가 아니라 휙 고개를 돌리자 사이바라가 두 손으로 얼굴을 가리고 있었다. 어깨가 가늘게 떨린다.

"죄송해요, 죄송합니다. 갑자기 찾아와 놓고 내 이상과 다르다고 멋대로 충격을 받다니, 정말 이런 민폐가 없네요. 실례했어요. 죄송합니다."

"저기, 사이바라 씨? 진정해요. 민폐라고 생각 안 해요. 그래도 왜 그렇게까지 슬퍼하는 건지 말해 줄래요?"

한동안 침묵이 흘렀다. 훌쩍훌쩍 사이바라가 콧물을 들이마시는 소리만이 간간이 들려왔다. 시바와 미쓰리, 쓰기까지 모두 숨을 죽였다.

"저, 갈대남이라고 불리거든요."

사이바라가 툭 내뱉듯 말했다.

"캐릭터가 이랬다저랬다 한다고 갈대남이래요. 처음에는 리더였어요. 히어로물에 나오는 레드 같은 존재요. 하지만 주변에서 다 안 어울린다고 하더라고요…. 저도 알고는 있었어요. 학교 다닐 때는 교실 구석에서 친한 친구들과 어울리는 걸로 충분했고, 앞에 나서 본 적도 없거든요. 리더십 같은 건 원래부터 없고요. 다음은 옐로…. 강아지 같은 캐릭터로 가 보라고 하더라고요. 국민 동생을 노리라고. 근데 이래 봬도 제가 오 남매의 장남이거든요. 사람들이 귀여워하도록 어리광을 부리라는데, 대체 그게 어떻게 하는 건지…."

"하하, 난 셋째 아들이에요."

시바가 의미도 없는 맞장구를 친다. 지금 그게 무슨 상관인데! 미쓰리는 이런 생각이 들었지만, 사이바라의 뒷이야기가 궁금해 잠자코 입을 다물었다.

"보통 히어로물의 주인공들은 다섯 가지 색깔이잖아요. 하지만 Q-wick에는 멤버가 여덟 명이나 있어서 누군가랑은 겹치기 마련이에요. 쓰시마처럼 '블루'가 딱 맞는 친구도 있고, 시마부쿠로는 '블랙'이고요. 그래서 이것저것 다 해 봤어요. 하지만 매번 생각했던 이미지랑 다르다, 어딘가 안 어울린다는 말을 들었고 결국 갈대남이라고 불리기 시작했죠. 저도 알아요, 저한테 매력이 없다는 거. 뭘 해도 안 된다는 거."

하아, 그런 고민을 하고 있었구나. 미쓰리는 그의 고민을 자신의 오락으로 소비해 버린 것 같아 못내 부끄러워졌다. 아이돌 생활에 최선을 다하는 남자아이로만 생각해 왔다. 그의 진짜 괴로움을 제대로 이해하지 못했다.

"제 이상을 강요해서 죄송했어요. 이미지랑 다르다는 말, 제가 제일 듣기 싫어하는 말이었는데…."

한숨을 쉬는 사이바라에게 시바는 "남들 시선은 신경 쓰지 않는 게 좋아요" 하고 말했다.

"당신에게는 당신만의 매력이 있잖아요. 당신다운 모습 그대로도 괜찮아요. 전 지금의 당신이 멋지다고 생각해요."

싱긋 웃은 시바의 말에 사이바라가 다시 두 손으로 얼굴을 감쌌다. 어깨가 또 한 번 잘게 떨렸다. 시바의 말이 힘이 되었으면 좋겠다고, 미쓰리는 생각했다.

하지만 사이바라가 뱉어낸 목소리는 마치 늪에서 건져 올린 것처럼 묵직했다.

"대체 뭐가 어떻게 멋진데요… 아무리 나다운 모습이라도 안 되는 건 안 되는 거예요. 너다운 모습으로 충분하다는 말은 예쁘게 피어난 꽃에게나 줄 수 있는 물 같은 말이에요. 잡초는 뽑히면 끝이죠. 저는 잡초라고요. 그리고 '멋쟁이 까마귀'기도 하죠. 그 얘기 아세요? 멋쟁이 까마귀."

"알아요."

대답한 사람은 미쓰리였다. 옛날에 고세에게 읽어 주던 그림책에 있던 내용이었다.

신 앞에서 가장 아름다운 새를 뽑는 대회가 열린다. 형형색색의 아름다운 새들이 고운 깃털을 뽐내며 회장으로 향하는 와중에 까마귀는 길가에 떨어진 깃털을 주워 모아 자기 몸을 꾸민다. 누구보다 화려한 모습이 된 까마귀를 보고 신은 "네가 가장 아름답구나"라고 칭찬하지만, 그것을 지켜보던 다른 새들이 뭔가 이상하다며 술렁대기 시작한다. 어? 저건 내 깃털이잖아! 어머, 내 깃털도 꽂혀 있어. 화가 난 새들이 까마귀에게 달려들어 깃털을 뽑아내자 까마귀는 원래의 새까만 모습으로 돌아가 버렸다는 내용의 이야기였다. 미쓰리의 설명에 사이바라가 "맞아요, 그 얘기요" 하고 고개를 끄덕인다.

"아무리 치장해 봤자 까마귀는 까마귀. 난 어차피 안 된다고요."

동화책은 까마귀가 초라하게 눈물을 흘리는 것으로 끝난다. 미쓰리는 고세에게 "거짓말로 자신을 꾸며 봤자 결국 누군가는 알아챈단다. 거짓말은 나쁜 거야"라고 말하며 이 책을 읽어 줬던 일을 떠올렸다.

"갈대남이라고 불리는 게 싫어요. 하지만 보여 줄 매력도 없죠. 아아, 스스로가 한심해요."

하하하, 사이바라가 힘없이 웃었다.

"…그 얘기, 뒤에 이어지는 내용이 있는 거 알아?"

갑자기 쓰기가 입을 열었다.

"초라하게 울고 있는 까마귀에게 신은 이렇게 말하지. '너는 그토록 아름다운 검은 깃털을 가졌는데 어째서 가꾸지 않았느냐. 누구도 너처럼 반짝이는 검은빛을 가진 이가 없거늘.'"

아…. 사이바라의 입에서 작은 소리가 흘러나왔다.

"자신이 가진 걸 갈고닦자, 난 이게 그 이야기의 또 다른 교훈이라고 생각해. 그러니까 당신도 스스로를 갈고닦는 게 어때? 다른 사람의 깃털로 치장하지 말고."

말하는 도중에도 먹는 걸 멈추지는 않았는지 쓰기의 앞에는 빈 용기가 산더미처럼 쌓여 있었다.

"자신의 좋은 점, 어느 정도는 알잖아? 그 부분을 갈고닦아 봐. 스스로 잡초라고 했지만, 수많은 사람 속에서 선택받았으니까 지금 그 화려한 세계에 존재할 수 있는 거잖아. 그렇게 자기 비하할 여유가 있으면 이길 방법부터 찾아보라고. 예를 들면, 이것처럼."

쓰기가 꺼낸 것은 '달걀 페코빵'이었다.

"생각해 보면 핫도그 번에 에그 샐러드를 채워 넣은 게 전부인 간단한 메뉴거든? 하지만 텐더니스의 토핑 빵 순위에서 1위를 달리고 있어. 식품 담당자들이 '분명 앞으로 더 맛있어질 거야'라는 믿음으로 꾸준히 맛의 완성도를 높이고 있으니까."

포장을 뜯은 쓰기가 빵을 크게 한 입 베어 문다.

"맛있다."

눈을 가늘게 뜨고 행복한 듯 미소를 지었다. 입가에 살짝 묻은 에그 샐러드를 혀로 쓰윽 핥아 내고는 "정말 잘 만들었단 말이야" 하고 덧붙인다.

그때 꼬르륵, 하는 소리가 울렸다. 아마도 사이바라의 배 속에서 난 소리인 모양이다. 얼굴이 발갛게 달아오른 채 배를 움켜쥔 모습이 보였다.

"아, 죄송해요. 그게, 먹은 게 없어서."

그러고 보니 사이바라 앞에 도시락과 간식이 여러 개 있었지만, 어느 것에도 손을 댄 흔적이 없었다. 아까는 먹을 생각에 신이 난 듯했는데 어쩌면 무리해서 그런 모습을 보였던 걸지도 모른다.

"이제, 식욕이 좀 돈나 보지?"

쓰기가 비닐봉지에서 달걀 페코빵을 하나 더 꺼내더니 "맛있다니까?" 하고 건넨다. 사이바라는 "아니에요. 죄송하게…"

라며 사양했다. 하지만 또다시 꼬르륵 소리가 울려 퍼졌다. 쓰기가 큰 소리로 웃었다.

"그렇게까지 온몸으로 '맛있겠다'고 표현해 주니 기분 좋은데? 알레르기가 있는 게 아니라면 사양 말고 먹어 봐."

자 여기, 다시 손을 뻗자 사이바라가 주뼛주뼛 빵을 받아 들었다. 입을 크게 벌리고 베어 문다. 잠시 후 혼잣말처럼 "맛있다" 하고 중얼거렸다.

"달걀 페코빵이 이렇게 맛있었나…."

"같은 페코빵이라도 어느 하나 똑같은 건 없어. 이 핫도그 번은 처음부터 에그 샐러드에 맞춰서 만들어졌거든. 에그 샐러드도 소금과 후추의 양, 마요네즈의 종류 등을 하나하나 계산한 거야. 뭐, 어차피 내용물은 달걀 샌드위치랑 똑같다고 하는 녀석들도 있겠지. 하지만 전혀 달라. 사용하는 빵이 다르면 거기에 맞춰 맛도 조절하니까."

쓰기가 말을 잇는다. 그럼에도 여전히 만족하지 않고 시행착오를 거듭하는 사람들이 있어. 더 높은 곳을 목표로.

빵을 삼키던 사이바라가 물끄러미 달걀 페코빵을 들여다본다.

"저… 시행착오가 부족했던 걸까요."

"글쎄. 그건 나도 알 수 없지만 아까의 대화를 듣고 달걀 페코빵을 노려 보는 게 좋지 않을까, 생각했을 뿐이야."

빵을 한 번 더 씹은 쓰기는 "그리고 다른 이의 깃털을 꽂는 일이 꼭 나쁜 것만은 아니야. 좋을 때도 있지" 하고 덧붙인다.

"텐더니스가 요즘 이 꿀 조합 레시피를 밀고 있거든?"

비닐봉지에서 한입 프라이드치킨이 담긴 종이봉투를 꺼낸 쓰기는 반쯤 먹은 달걀 페코빵 위에 꽉꽉 채워 넣듯 치킨을 올렸다.

"아아, '텐더니스 소식통'의 치킨 달걀 페코빵 말이죠?"

미쓰리가 받아친다. '텐더니스 소식통'이라는 어딘가 올드한 이름은 손님들에게 무료로 배포하는 전단지 이름이다. 규슈의 소소한 뉴스와 관광지 정보, 신상품 광고 등이 실려 있는데 의외로 내용이 알차다. 가끔은 레저 시설 할인권 등도 붙어 있어 혜택을 받을 수도 있다. 그중 가장 반응이 좋은 기획이 바로 '꿀 조합 한 끼' 코너다. 독자들이 메뉴를 보내 주기도 하는데, 꽤 재미있다. 그걸 보고 상품을 사 가는 손님들도 있다.

달걀 페코빵에 한입 프라이드치킨을 토핑으로 올린 조합은 그중에서도 특히 반응이 뜨거워 한동안 발주량을 늘렸을 정도다.

"난 그 조합에다 이걸 더하지."

쓰기가 따로 구매한 아삭아삭 타르타르소스(식감을 즐길 수 있도록 굵게 다진 피클이 들어가 있다)를 꺼내더니 빵 위에 듬뿍 뿌렸다.

"먹어 볼래?"

쓰기가 치킨과 타르타르소스를 보여 주자 한창 먹고 있던 사이바라가 끄덕끄덕 고갯짓했다. 쓰기가 치킨과 소스를 건네자 들뜬 표정으로 빵에 채워 넣기 시작한다. 이내 더는 못 기다리겠다는 듯이 서둘러 입에 넣었다.

"맛있다아."

사이바라의 표정이 누그러지는 것을 본 미쓰리는 안도했다. 풀 죽은 얼굴을 계속 보고 싶지는 않았다.

"든든한 한 끼로 변신했네요, 놀랐어요."

"그렇지? 거기에 오이 절임을 올리면 느끼함도 잡을 수 있어. 그렇게 다양하게 응용해 먹을 수 있어."

뚝딱 먹어 치운 쓰기가 만족스러운 듯 자신의 배를 쓰다듬는다.

"어떤 식재료와 어우러져도 밀리기는커녕 더 맛있어진다는 점이 굉장한 거야. 기본이 탄탄해야만 가능한 일이지."

"탄탄한 기본이라…. 그렇구나."

사이바라가 나지막이 중얼거렸다. 그러더니 "노력하면 까마귀도 아름답고 화려해질 수 있을까요?"라며 쓰기를 바라본다.

"흐음, 그렇지 않을까?"

쓰기가 목구멍을 울리며 페트병에 든 녹차를 마신 후 "그보다, 갑자기 끼어들어서 미안" 하고 사이바라를 바라봤다.

"남은 얘기는 점장님이랑 나눠."

"네? 저, 저기, 당신은 대체…."

"아아, 난 그냥 단골손님."

미쓰리는 이름을 밝히지 않는 쓰기를 보고 아무래도 정체를 드러낼 생각이 없는 것 같다고 판단했다. 그래서 "네, 저희 가게 단골이세요" 하고 웃어 보였다.

"그렇죠, 점장님?"

"네? 아아, 네. 늘 찾아와 주시는 분이죠."

사이바라는 생글생글 웃는 시바를 보며 "굉장해" 하고 눈을 반짝였다.

"이 가게, 뭐죠? 알프레드 님 같은 점장님이 있질 않나, '털보 형님' 같은 손님이 있질 않나!"

그 순간 미쓰리의 입에서 "크흡" 하는 이상한 소리가 났다.

지금… 털보 형님이라고 했어?

그 캐릭터는 바로, 내가 온라인에 연재 중인 〈털보 형님의 상남자 라이프〉 속 주인공이 아닌가! 그 캐릭터의 모델이 바로 쓰기 씨 즉, 시바 니히코란 말이다.

"그게 뭐야. 난 그런 거랑 아무 관계도 없다고."

쓰기가 딱 잘라 끊어 내자 "아아, 죄송해요. 그게, 사실, 털보 형님보다는 《이마어마》의 웨그너 기사단장 쪽이 더 가깝긴 한데요. 단장은 애꾸눈인데, 그 눈을 가린 적당한 앞머리가 멋있어요. 대충 묶은 머리도 근사하고요. 아, 그 단장이 제가 제일 동경하는 사람인데, 그래서 과한 애정이 부담스러울까 봐 말을 못 했어요. 근데, 딱 단장이에요. 진짜 3차원은 굉장하네요. 목소리도 상상했던 거랑 딱 맞아떨어진달까, 거의 본인 같아요. 기적 같은 싱크로율! 망막이 기쁠 지경이라니까요. 혹시 '나한테 모든 걸 맡겨'라고 한 번만 말해 주실 수 있나요? 녹음할 수 있게 해 주시면 더 좋고요" 하고 흥분해서 떠들기 시작했다.

미쓰리는 그 모습을 바라보며 '아루 군에게 새삼스레 다시 반해 버릴 것 같아…'라며 감동했다. 내 입에서 나온 말인 줄 알았다. 맞아, 맞아. 그렇지. 머리카락을 하나로 묶은 쓰기 씨는 단장이야. 단장보다 사람들을 더 잘 돌보긴 하지만, 그런 단장이 날 이렇게 다정하게 보살펴 주다니? 하고 더 큰 보상을 받는 느낌을 주지. 알지, 알아. 그나저나 조금 전 얘기로 잠깐만 돌아와 보자고. 아루 군 입에서 '털보 형님'이라는 말이 나오다니 기적 아니야? 그 작품을 읽고 있었다는 말이잖아? 최애가 내 만화를 읽는다니, 너무 굉장해! 아아, 나 앞으로 더, 더 열심히 할 거야. 더, 더 멋진 이야기를 그려서 아루 군이 읽을 만한 작품을 만들어 주겠어. 그의 하루 중 아주 짧은 시간이라도 좋으니, 그의 시간을 풍요롭게 충족시켜 줄 만화를 반드시 그려 내고 말겠다고!

혼자 흥분해 있던 미쓰리가 쓰윽 눈을 돌리자 이런 자리에서는 늘 웃으며 대화에 귀를 기울여 주는 시바가 바쁘게 휴대폰을 조작하고 있는 모습이 보인다. 왠지 즐거워 보이는 모습에 "점장님, 무슨 일이세요?" 하고 물었다. 휙 고개를 든 시바가 "아, 책 좀 주문하느라고요"라며 웃는다.

"사이바라 씨가 조금 전에 《환생한 김에 고블린 가문에 들어갑니다》라는 작품에 대해 이것저것 알려 주셨거든요. 저를 닮았다는 알프레드가 어떤 사람인지도 궁금하고, 무엇보다 작품의 세계관이 무척 흥미롭더라고요. '이세계 소환'이라는 말도 처음 들었는데 상상력이 자극받는 것 같아 흥미로워요. 저도 읽고 싶어져서 지인이 하는 서점에다 출간된 시리즈를 전부 주문했어요."

신나 보이는 얼굴로 휴대폰을 주머니에 넣은 시바는 "사이바라 씨의 소개가 너무 훌륭해서요"라며 대화의 초점을 사이바라에게로 옮겼다.

"이야기에 대한 깊은 관심과 애정이 그대로 전해졌어요. 이야기를 사랑하는 사람이 이토록 열렬히 소개하는 책이라니, 틀림없이 재미있을 것 같아서요. 지금껏 딱히 관심 가져 보지 못한 책들인데 읽을 기회를 만들어 줘서 고마워요."

"아뇨, 그, 그건, 그냥 제가 좋아하니까… 주절주절 늘어놓은 것뿐이에요."

"그 얘기들이 너무 재미있었어요. 다른 사람들에게 '아아, 저 책 꼭 한번 읽어 보고 싶다'라는 마음을 갖게 하는 건 굉장한 일이잖아요."

아, 얼른 읽어 보고 싶다. 들뜬 목소리로 말하는 시바를 앞에 두고 사이바라가 짐짓 진지한 표정을 지었다.

*

아루 군이 잡지에 〈이세계에 가면 해 보고 싶은 일 10〉이라는 에세이를 연재하고 그 글이 무척 좋은 평가를 받아 화제가 된 것은 그로부터 얼마 후의 일이었다.

어릴 때부터 이세계를 배경으로 한 작품을 좋아했고, 극중 등장인물들이 최선을 다해 살아가는 모습을 보며 매일을 살아갈 힘과 의지를 얻었다는 이야기, 그 어떤 좌절이 닥쳐도 긍정적으로 생각하게 되었다는 내용 등이 정성 어린 문체로 실린 에세이였다.

좌우명은 '살아 있을 때, 비로소 세상을 얻을 수 있는 거야. 저 녀석을 웃게 만들어 버리자고!'입니다. 《이세계에 소환당하고 보니 마술사의 어깨에 올라탄 어리숙한 마스코트가 되어 있었다》라는 라이트노벨 속 웨그너 기사단장의 대사예요. 어떤 모습이든, 어떤 가혹한 상황에 놓이든 포기하지 않고 견뎌 왔던 주인공이 딱 한 번, 깊은 상실감에 빠져 '차라리 죽는 게 낫지 않을까'라는 생각을 하게 되는데 그때 웨그너 기사단장이 주인공을 독려하기 위해 한 말이죠. 저는 그와 닮은 어떤 분에게 이 대사를 읽어 달라고 부탁했고, 그 목소리를 소중히 간직하며 살아가고 있어요.

창작물에 대한 깊은 애정과 존경이 느껴지는 이 에세이는 이야기를 사랑하는 많은 이들에게 지지를 받았다.

물론, 미쓰리도 그중 한 명이었다. 잡지 발매일 전날 재빨리 구해서 울면서 읽었다. "누구나 한 번쯤 작품 속 등장인물을 친구 삼아 괴로운 시간을 함께 극복해 본 경험이 있을 것이다"라는 구절을 읽고는 "맞아. 알지. 나도 그랬어"라며 몇 번이나 소리 내어 공감했다.

하지만 걸리는 것이 하나 있다.

"저는 그와 닮은 어떤 분에게 이 대사를 읽어 달라고 부탁했고 그 목소리를 소중히 간직하며 살아가고 있어요"라는 부분.

쓰기 씨, 녹음까지 해 줬구나….

당시에는 꿈같은 일이 연속으로 펼쳐져 미쓰리의 뇌가 과부하 상태였다. 문득 정신을 차리고 보니 대화가 중간중간 기억나지 않았다. 세 사람의 대화를 넋 놓고 멍하니 듣고만 있었기 때문이다. 아휴, 이 바보. 난 정말 바보 멍청이야. 나도 슬쩍 녹음이라도 해 둘걸!

"히로세 군, 인간은 예상치 못한 행복이 갑자기 찾아오면 수면 모드가 되는 걸까…."

평일의 늦은 오후, 업무 중이었다. 오늘은 시바가 쉬는 날이기도 해서 가게 안이 한산했다. 미쓰리가 툭 내뱉은 말에 옆에서 태블릿을 조작하던 히로세가 "예에?" 하고 희한한 소리를 한다는 듯 쳐다본다.

"무슨 말인지 못 알아듣겠는데요. 그것보다도 나카오 씨, 사이바라가 왔던 날부터 계속 꿈속에 사는 사람 같아요."

"하하하, 히로세 군이 그렇다면 그런 거겠지. 실제로 꿈속에 살고 있긴 했는데 지금은 스스로의 한심함에 혀를 차고 있어. 그래도 오타쿠로서의 경력이란 게 있는데…. 이렇게 한심할 수가."

요즘 들어 버릇처럼 되어 버린 한숨을 내쉬었다. 그러자 히로세가 "으으에?" 하고 얼빠진 소리를 냈다.

"뭐야, 이게 대체 어떻게 된… 나카오 씨, 저기 봐요!"

무척이나 동요하는 목소리에 고개를 든 미쓰리의 입이 떡 하고 벌어졌다.

주차장에 들어선 것은 쓰기가 빌렸던 옅은 노란색 밴이었다. 운전석에는 쓰기, 그리고 조수석에는….

"아루 군?"

웃는 얼굴의 사이바라가 앉아 있었다.

"이동식 서점을 운영해 볼까 해서요!"

차에서 내린 사이바라가 웃는 얼굴로 차를 가리켰다. 얼마 전까지만 해도 동물이 웃고 있던 자동차에 'Q-wick 이동 책방'이라는 글자가 적혀 있었다.

"Q-wick이 유튜브 채널을 개설했는데요, 제가 기획을 제안했어요! 이 차를 타고 규슈 전역을 돌면서 책을 통해 팬들과 소통하는 콘텐츠예요. 저 혼자라도 하겠다고 했는데 멤버들도 재미있을 것 같다며 찬성해 줘서 Q-wick 멤버 전원이 참가하는 기획이 됐어요. 멤버들이 돌아가며 이 차를 타고 책을 판매할 거예요."

밴 안에는 책들이 잔뜩 꽂힌 책장이 있었다. 그림책부터 아동 서적, 문고본과 단행본, 화집도 있었다.

"지인의 가게에서 가져온 걸로 다시 만들어 봤어요. 꽤 괜찮죠?"

쓰기가 새로 단장하는 걸 도와줬다고 한다. 이런 일도 제법 할 만하더라고, 쓰기가 즐거운 듯 웃었다.

"너무 멋지다… 아, 의자 남겨 뒀네요."

작은 의자가 두 개 남아 있다.

"어른이라고 못 앉을 의자도 아니고, 아루가 아이들이 저 의자에 앉아서 책 읽는 모습을 보고 싶다고 하길래."

쓰기가 다정하게 웃자 사이바라가 "꿈과 희망이 있어서 좋잖아요" 하고 받아친다.

"이 자동차 책방에서 인생의 첫 책을 사는 아이가 있었으면 좋겠다. 저 의자에 앉아 그 책을 읽어 주면 좋겠다. 이게 제 작은 바람이에요."

책장 중 하나에는 '멤버 추천 도서'라는 푯말이 붙어 있다. 사이바라 아루의 코너에는 당연하게도 지금까지 출간된 《이세계에 소환당하고 보니 마술사의 어깨에 올라탄 어리숙한 마스코트가 되어 있었다》와 《환생한 김에 고블린 가문에 들어갑니다》 전권이 진열되어 있었다. 쓰시마의 책장에는 쿠키 레시피 모음집이, 시마부쿠로의 책장에는 근력 운동 책이 놓여 있다.

"와, 좋다. 추천 도서가 있다니 기뻐요. 이거 너무 좋아요, 정말!"

"그렇죠? 나다운 일, 내가 갈고닦을 수 있는 부분이 뭘까 고민하다 보니 책이 떠올랐어요. 어필 포인트는 독서를 좋아하는 아이돌!"

사이바라는 차와 똑같은 옅은 노란색 점프슈트를 입고 있었다. "짜잔!" 뒤를 돌아 등판을 보여 주자 'Q-wick'이라는 로고가 눈에 들어왔다.

"멋있다!"

"멋있죠? 뭐 이건 쓰기 씨를 따라서 만든 거지만."

후후후, 수줍어하던 사이바라는 "그때 쓰기 씨를 만나서 다행이에요. 웨그너 기사단장의 응원을 받고도 열심히 하지 않는 건 말이 안 되잖아요. 저, 제가 가진 장점을 계속 갈고닦아서 아이돌 세계의 정점에 설 거예요!"라면서 가슴을 쭉 폈다.

"우와, 굉장하다… 엄청 긍정적이잖아…."

앞을 향해 나아가려는 모습이 근사하다. 미쓰리의 눈시울이 뜨거워졌다.

"저도 진심을 다해 응원할게요! 여기 Q-wick 화보집에 사인 좀 해 줄래요?"

"아, 저 책장에 있는 화보집에는 이미 멤버 전원의 사인이 들어 있어요."

"우앗, 그럼 소장용으로 한 권 더 주세요."

서둘러 지갑을 열어 책을 산다. 사이바라가 "고맙습니다!" 하고 하얀 치아를 드러내며 웃었다.

"이야, 정말 훌륭한데요."

말을 걸며 다가온 사람은 시바였다. 티셔츠에 치노 팬츠를 받쳐 입은 평상복 차림의 시바는 머리칼이 삐죽하게 뻗쳐 있었다. 어쩌면 한잠 자고 일어난 후인지도 모르겠다.

"귀여운 자동차네요. 이동 서점 같은 거죠? 이런 차가 시골 산속까지 찾아가면 기뻐하는 사람이 정말 많겠어요."

시바는 흥미진진한 표정으로 차 안을 둘러보더니 기쁜 얼굴로 "와, 멋지네" 하고 말했다.

"대단한 실천력이네요. 훌륭하다. 멋있어요."

시바의 말에 사이바라가 "고맙습니다!" 하고 고개를 숙였다.

"이게 다 알프레드 님이 도와주신 덕분이니까요. 정말 감사했습니다."

"저는 한 게 아무것도 없는데요. 그래도 우리 만남을 계기로 이런 일이 시작됐다니 기뻐요. 저야말로 고맙습니다. 아, 나카오 씨는 벌써 책을 사셨군요. 저도 사야겠어요."

어떤 책을 살까, 시바가 책장을 살핀다. 사이바라가 망설임 없이 "이거 읽으세요!"라며 책장에서 책 몇 권을 꺼내 들었다.

"무조건 이거예요!"

"하아아, 이게 그 《이마어마》군요. 기억하고 있어요. 그럼, 이걸로 주세요."

시바가 사이바라의 손에 든 책을 받아 계산했다.

"또 올게요. 여러분, 정말 감사했어요."

사이바라는 모지항 레트로 해협 플라자에서 처음 봤을 때와는 전혀 다른, 환한 미소를 지으며 떠나갔다.

"아, 여름이 끝나 간다…."

사이바라를 배웅한 미쓰리가 멍하니 중얼거린다. 밴의 모습이 사라진 먼 하늘 위로 양떼구름이 펼쳐졌다. 더없이 난폭했던 햇볕은 점차 온화해지고, 살갗을 스치는 바람이 조금 부드러워졌다. 가을이 성큼 다가오고 있었다.

"멋진 여름이었네요."

하늘을 올려다보며 건네는 시바의 말에 "그러네요" 하고 곱씹듯 답한다.

정말, 멋진 여름이었다. 설렘과 반짝임, 배움과 반성까지 수많은 걸 선사해 준 만남이 있었다. 최애는 더욱더 소중한 최애가 되었고, 최애를 위하는 마음으로 살다 보니 매일이 더 선명해졌다. 일도, 취미 생활도, 더 열심히 할 수 있었다.

아, 정말이지 멋진 여름이었어.

며칠 후, 시바는 힘없이 어깨를 늘어뜨리고 있었다. 미쓰리의 얼굴을 보고 뭔가 말하고 싶은 듯한 표정을 짓더니, 결국 한숨만 푹 쉰다. 이틀 정도 두고 보던 미쓰리였지만, 팬클럽 회원들이 "대체 무슨 일인지, 밋짱이 영 기운이 없어"라며 걱정하기도 했던 터라 어쩔 수 없이 물어보기로 했다. "무슨 일 있으세요?"

"저기… 저 그 책 읽어 봤는데요."

"네? 그 책이라니 무슨 책이요?"

"제가… 좋아하는 여성이 모욕당했다는 이유로 남의 머리칼을 마구 잘라 버리는 그런 사람으로 보이나요?"

금방이라도 울 것 같은 얼굴로 묻길래 순간 당황하고 말았다. 대체 무슨 말이야, 하고 어이없어하는 와중에 문득 머리를 스쳐 가는 것이 있었다. 그러고 보니 얼마 전 "전에 주문한 책이 드디어 도착했어요"라고 말했었다. 그때 시바가 주문했던 책은 《고블린 가문》이었다…. 그렇구나, 작품 속 '진짜 알프레드'의 잔혹한 짓을 보고 말았구나!

"저, 아무리 좋아해도 여성에게 약물을 사용한다든가 그런 생각 절대 안 한다고요. 하지만 아루 군 눈에는 제가 그렇게 보였던 거겠죠…."

시바가 어깨를 잔뜩 웅크리며 말했다.

"저… 점장님이랑 알프레드가 닮았다는 건 어디까지나 외모 얘기예요."

미쓰리는 여름의 흔적이 이런 곳에 남아 있다니, 하는 생각에 무심코 웃음을 터뜨렸다.

2

헬로,
프렌즈

이노우에 가오리는 심각한 향수병을 앓고 있다.

가벼운 증상이라 여겼는데 매일 조금씩 먼지가 몸집을 키워 가듯, 상태가 서서히 심해지는 듯한 느낌이 든다.

걸어가는 여성의 뒷모습이 엄마로 보이고, 슈퍼의 흔해 빠진 반찬들만 봐도 아빠의 요리가 떠오른다. 지나가는 아이들의 순진무구한 웃음소리가 조카의 목소리로 들리고, 남의 집 창가에서 자신을 쳐다보는 고양이의 모습에 본가의 고양이가 겹친다. 물론 이 모든 게 자신의 착각이다. 한순간, 충만한 행복에 빠져들었다가 단번에 마음이 시든다. 이런 현상이 반복되자 동시에 '건강함'도 시들었다. 지금까지는 끝없이 흘러넘칠 것만 같았던 건강함이 고갈되는 느낌이다. 요즘에는 별것 아닌 장면을 보고도 멋대로 눈시울이 붉어지곤 한다.

돌아가고 싶어. 하지만 돌아갈 수 없다.

가오리는 반년 전, 시가현의 고카시에서 오이타현의 벳푸시로 자신만만하게 시집온 터였다.

미팅에서 만나 사귀기 시작한 지 1년쯤 되었을 무렵, 열 살 연상의 연인 이노우에 미치오가 부모님이 하시던 동물병원을 이어받을 것이라며 “나랑 결혼해서 같이 벳푸로 가자”라고 프러포즈했을 때, 가오리는 올 것이 왔다는 생각에 조금의 망설임도 없이 기꺼이 승낙했다.

미치오를 사랑했고, 무엇보다 존경하는 마음이 컸다. 가오리보다 박식했고 인생 경험도 풍부했다. 미치오가 하자는 대로만 하면 아무 걱정도 없을 것 같았다. 포용력도 갖추고 있으니 평생 이 사람의 곁에 있고 싶었다. 사귀기 전부터 언젠가는 가업을 물려받는다는 사실을 알고 있었기 때문에 그를 따라갈 각오는 진작부터 하고 있었다.

주위 사람들은 반대하는 기색이 역력했다. 미치오를 못 믿는 것이 아니라 스물셋이라는 가오리의 어린 나이가 문제였다. 대학을 졸업하고 사회생활을 시작한 지 불과 1년. 혼자 살아 본 경험조차 없는데 먼 타지에서 결혼 생활을 하다니 분명 힘들 거야. 그렇지 않아. 미치오와 함께라면 어디서든 열심히 살 수 있어. 미간을 모으며 걱정하는 이들을, 가오리는 최선을 다해 설득했다. 사랑하는 사람과 함께 있잖아. 낯선 곳이라도 아무 문제 없다고. 내 꿈이 유치원 매화 반 시절부터 ‘현모양처’였던 것 알지? 꿈이 이뤄지는 거야, 무조건 괜찮을 거라고!

미치오 역시 가오리에게 괜한 고생 같은 건 시키지 않겠다고 사람들에게 다짐했다. 천지신명에게 맹세하오니, 절대 가오리를 힘들게 하지 않겠습니다! 이리하여, 어렵사리 허락을 받아 낸 결혼이었다.

성대하게 식을 올리고 모두의 축복을 받으며 가오리는 벳푸에 왔다.

신혼 생활은 순조로웠다. 집에서 걸어서 오 분 거리에 사는 시부모님은 이렇게 먼 곳까지 시집와 줘서 고맙다며 마치 친딸처럼 아껴 주신다. 남편이 운영 중인 동물병원은 시부모님과 미치오, 베테랑 직원 두 명으로 원활하게 돌아가고 있어 가오리가 남편의 일을 도울 필요도 없다.

미치오는 아내가 전업주부로 있기를 바라는 사람이었다. 어린 시절 부모님의 맞벌이로 늘 집에 혼자 있는 것이 쓸쓸했던 모양이라 "집에 돌아오면 따뜻한 밥내가 맞아 주는 것이 무엇보다 기뻐"라고 말했다. 남편에게 외로움이 아닌 기쁨을 주고 싶다는 생각에 가오리는 남편이 바라는 대로 집에서 전업주부로 살아가고 있다.

아마 다른 사람들은 복도 많다고 할 것이다. 실제로 고향 친구인 오키 히로미는 "호사스러운 삶이네…"라며 한숨을 쉬었다.

"매일 야근과 자격증 공부에 시달리느라 녹초가 된 내 눈에는 아랍 석유왕의 부인이나 가오리 너나 다를 게 없어 보여. 그나저나 정말 결혼 잘했다. 잘됐어."

부모님보다 자신을 더 걱정해 주는 친한 친구가 진심으로 안도하는 모습에 가오리는 하려던 말을 삼키고 "그렇지?"라며 밝게 꾸민 목소리를 냈다. "외로워"라는 말을 차마 꺼낼 수 없는 분위기이기도 했고 무엇보다도 이런 상황에서 자기의 고민은 어리광에 지나지 않는다고, 자신 역시 생각하고 있었기 때문이다. 남편도, 시부모님도 다정하다. 미치오도 고향에 돌아온 지 얼마 되지 않아 힘든 점이 많을 텐데 가오리에게 불평 한마디 하지 않는다. 아무리 지쳐서 귀가해도, 돌보는 동물의 상태가 갑자기 안 좋아져 병원의 호출을 받고 다녀와도 항상 웃는 얼굴로 가오리를 대한다. "혼자 있게 해서 미안해"라고 사과하는 사람이다. 그러니 불만 같은 것은 있을 수가 없다. 고향에 돌아가고 싶다고 생각하는 내가 너무 멋대로인 거겠지. 하지만 그래도, 집에 가고 싶어.

온통 이런 생각뿐이라, 밝고 선명해야 할 일상이 칙칙하게만 보인다. 하루하루가, 손에 쥔 모래가 스르륵 빠져나가듯 흘러간다. 꼼짝없이 멈춰 서 있는 듯한 공허함이 밀려온다. 나는 대체 여기서 뭘 하는 걸까. 아침에 일어나 내가 살던 집이 아닌 다른 곳의 천장을 보는 것만으로도 옅은 절망을 느낀다.

오늘 아침, 이런 제멋대로인 마음이 결국 새어 나가고 말았다. 아침 정보 프로그램을 BGM 대신 틀어 놓고 식사를 준비하는데 고카시에서 중계하는 장면이 나왔다. "저는 지금 시가라키 도원의 다누키무라에 나와 있습니다!" 남성 리포터의 밝은 목소리와 함께 여러 번 가 본 익숙한 풍경이 비친다. 정신을 차리고 보니 빨려 들어갈 듯 텔레비전 앞에 앉아 있었다. 몇 분 되지 않는 짧은 영상은 눈 깜짝할 새 끝나 버렸지만, 가오리는 꼼짝할 수 없었다. 마치 고향이 영원히 사라져 버린 것 같은 기분이 들어 훌쩍대며 흐느껴 울었다.

그새 일어난 미치오가 텔레비전 앞에서 흐느끼는 아내의 모습에 깜짝 놀라 어디 아픈 거냐, 뉴스에 무슨 무서운 사건이라도 나왔냐, 라며 다급하게 물었다.

지금이라면 털어놓을 수 있을지도 몰라. 요즘 느껴 온 괴로움을 고백할 수 있을지 몰라. 이런 생각이 들었지만 가오리는 입을 열지 못했다.

"아, 그게… 고양이가, 나왔는데… 고양이 사연이, 슬퍼서, 그래서 그래."

거짓말만큼은 쉽게 흘러나온다. 미치오가 안심한 표정으로 가오리를 꼭 껴안아 줬다.

"아휴. 아침에는 기분 좋아지는 뉴스들만 전해 주면 좋겠네. 내 심장이 남아나질 않겠어."

다정하고 따뜻한 남편의 품속에서 가오리는, 눈꼬리에 맺혀 있던 눈물을 소리 없이 흘렸다.

그 후 미치오를 어떻게 배웅했는지 기억나지 않는다. 아직 새집의 깔끔함이 고스란히 남아 있는 신혼집을 무심하게 청소한 후, 가오리는 느릿느릿 걸어 세키노에 해수욕장에 도착했다. 장소가 어디든 상관없었다. 자신의 마음속에 휘몰아치는 고독을 닮은 슬픔에서 도망치고 싶다는 생각뿐이었다.

여름에야 수많은 사람이 해수욕을 즐기는 북적대는 곳이지만 9월의 풍경은 조용할 뿐이다. 산책하는 가족, 그늘에서 선잠을 자는 할아버지, 양산을 든 채 보행 보조기를 밀고 있는 할머니 등이 드문드문 보였다.

가오리는 아무도 없는 나무 그늘에 걸터앉아 눈앞에 펼쳐진 바다에 멍하니 시선을 던진다. 맑은 하늘에 여름의 흔적이 묻은 뭉게구름이 떠다니고, 파도가 철썩철썩 미세한 소리를 내며 밀려온다. 멀리 배가 지나가고, 휘잉 날아가던 바닷새가 스윽 사라졌다. 유황과 바다 향이 뒤섞인 냄새가 코를 간질인다.

시부모님께 인사를 드리러 벳푸시에 와서 이 해변에 들렀던 때가 딱 1년 전이었다. 그때 가오리는 이토록 아름다운 풍경을 매일 볼 수 있다니 너무 좋다, 하고 미치오에게 말했었다. 끝없이 펼쳐진 창해는 바다가 없는 지역에서 태어나고 자란 가오리의 마음을 뺏기에 충분했다.

그런 풍경이 반년 만에 이렇게나 빛을 잃다니.

서글픈 마음에, 가오리가 흐릿한 웃음을 흘렸다. 스스로가 한심하다. 내 각오는, 내 자신감은 이렇게나 하찮은 것이었구나.

아, 외롭다. 매일같이 바라보던 한도산. 학창 시절에 다니던 밥집의 곱빼기 돈가스 덮밥. 조카와 자주 다니던 오락실. 예전에는 분명 별것 아닌 장소였는데 괜스레 특별하게 느껴져, 돌아가고만 싶다.

"끄으으."

마치 밟힌 개구리의 신음과 같은 소리가 들렸고, 그것은 다름 아닌 가오리의 울음소리였다. 울면 안 된다는 생각에 꾹 참았던 탓인지 목 주변에서 기묘한 소리가 흘러나왔다. 그 한심스러운 소리가 마중물이 되어, 가오리의 눈물샘을 자극한다.

"돌아가고 싶어…."

끌어안은 무릎 사이로 얼굴을 묻고, 신음 같은 울음을 흘린다. 뚝뚝 떨어진 눈물이 순식간에 모래사장에 묻힌다.

"이거 진짜 짜증 나는 놈이네!"

느닷없이 호통치는 목소리와 함께 주변에 쾅! 하는 굉음이 울렸다. 반사적으로 자신을 향한 욕설이라고 생각한 가오리는 눈물을 훔치며 고개를 들었다.

운동선수처럼 날렵한 체구에 금발을 한 여성이 모래사장에 우뚝 서 있었다.

아마 키가 170센티미터는 되지 않을까. 형광핑크 색 미니스커트 아래로 쭉 뻗은 다리에 근육이 적당하게 붙어 있다. 상황 파악이 되지 않아 순간적으로 TV 촬영이라도 하나 싶었는데 여성 앞에는 볼이 움푹 들어간 남성 한 명밖에는 보이지 않는다. 카메라 같은 건 어디에도 없었다. 여성은 남성을 내려다보며 "열받아!" 하고 소리를 높였다.

"아침부터 종일 내 옷차림이 어쩌고저쩌고, 대체 네가 뭔데?"

아무래도 남성은 여성에게 뺨을 맞은 것 같았다. 뺨에 손을 올린 채 주위를 둘러보며 "잠깐, 저기, 목소리 좀 낮춰. 주변에 민폐잖아"라고 한심스러운 소리를 냈으나 그보다 더 큰 목소리로 여성이 "하아? 거북남 주제에 어디서 점잖은 척이야?" 하고 소리쳤다. 그러더니 가방에서 무언가를 꺼내 남자에게 던진다.

"거, 거북이라니, 다카라짱, 내가 어딜 봐서 거북…."

"지 입맛에 맞추려고 이러쿵저러쿵 '거북한 소리'만 종일 해 대는 자식이라 거북남이다, 왜!"

"내 입맛에 맞추라고 강요하다니, 내가 언제…."

"그게 강요라고 이 자식아. 아까부터 계속! 센스가 좋기라도 하면 몰라. 네 머리 꼴은 어떻고. 그 바가지머린 대체 뭔데, 버섯이냐?"

차라리 균으로 돌아가 버리라고! 토해 내듯 말을 뱉은 여성은 모래사장임에도 불구하고 깔끔한 발걸음으로 사라졌다. 남겨진 남성은 비틀비틀 몸을 일으켜 멀어지는 여성의 등 뒤에 대고 "다카라짱" 하고 이름을 불렀으나, 떠나는 여성보다 자신을 향한 주변의 시선이 더 신경 쓰이는 모양이었다.

두리번거리더니 고개를 숙여 누구에게 하는지도 알 수 없는 사과의 인사를 꾸벅꾸벅하고는 도망치듯 그 자리를 떴다. 모래사장이라 뛰기 힘들었는지 발이 걸려 고꾸라지는 모습을 가오리는 지켜보고 있었다.

"간만의 데이트라고 좋아하더니, 딱하게 됐네."

등 뒤에서 들리는 목소리에 놀라 돌아보니 보행 보조기를 밀고 가던 할머니가 멈춰 서 있었다. 짐칸에 태운 새하얀 몰티즈와 먼저 눈이 마주쳤다.

"네? 저요?"

자신에게 한 말인지 알 수 없어 고개를 갸웃거리는데 할머니는 가오리 쪽으로는 시선도 주지 않고 "데이트한다고 신난 강아지마냥 좋아했는데 남자가 계속 불평만 하는 거야. 청순

한 이미지로 돌아오라느니, 헤어스타일이 너무 튀지 않냐느니, 같이 다니는 자기 생각 좀 하라느니." 연이어 "해도 너무 하지, 피에트 양?" 하고 몰티즈에게 말을 걸었다.

"저, 저기… 남자 친구가 외모에 대한 잔소리를 자꾸 해서 다카라짱이라는 그 사람이 화가 난 건가요?"

할머니가 누구랑 대화하는지는 알 수 없었지만, 가오리는 일단 질문을 던져 본다. 할머니는 물음에는 답하지 않고 "그래도 화 한번 시원하게 잘 내더라. 그렇지, 피에트 양?"이라며 다카라가 사라진 쪽을 바라봤다.

"산책도 가끔은 할 만하네. 잘한다, 더 시원하게 화내라고 응원하게 되더라니까. 누구든 자기 마음대로 하고 다니는 거지, 사람 바보 취급하는 것도 아니고 말이야!"

"아아."

"자, 피에트 양, 갈까요?"

어리둥절한 가오리를 뒤로한 채 할머니는 만족스러운 듯 느긋하게 걷기 시작했다. 몰티즈만이 가오리 쪽으로 시선을 주며 멍! 하고 짖었다.

"대체 뭐지…."

남녀의 싸움도, 할머니도, 마치 폭풍 같았다. 혼자 남겨진 사람처럼 멍하니 있던 가오리가 "아!" 소리를 내며 벌떡 일어섰다. 아까 다카라가 남성에게 던졌던 것이 모래사장에 굴러다니고 있었기 때문이다. 가까이 가서 들여다보니 고급 브랜드의 오렌지색 상자였다. 예쁘게 포장되어 로고가 들어간 갈색 리본으로 묶여 있었다.

"거북남의 선물이었으려나."

혼잣말하던 가오리가 무심코 웃어 버렸다. 화가 난 연인에게 그 자리에서 '거북남'이라는 별명을 붙이고 "이러쿵저러쿵 거북한 소리만 종일 해 대는 자식이니까!"라고 시원하게 쏘아붙이다니, 엄청난 센스다. 필요한 순간에 순발력 있게 말하지 못해 머릿속으로 하고 싶은 이야기를 몇 번이나 반복해 연습하는 버릇이 있는 가오리는 흉내조차 내기 어려운 재능이다.

주위를 둘러보니 다카라는 물론 남성의 모습도 보이지 않았다. 잠시 생각에 빠져 있던 가오리가 파출소에 가져다줄 작정으로 작은 상자를 주웠다.

한 손에 상자를 들고 걷기 시작한다. 한동안 걷다 보니 고소한 냄새가 코끝을 스쳤다. 시선을 돌리자 '오이타 닭튀김'이라는 배너가 여기저기 걸려 있는 닭튀김 맛집이 보였다. TV에 여러 번 소개된 이 가게를 찾아 일부러 다른 지역에서 오는 사람들도 많다. 가오리도 이곳에 이사 온 직후에는 미치오와 함께 닭튀김을 사러 왔었다. 고온의 기름에서 바삭하게 튀겨 한 입 씹으면 뜨거운 육즙이 흘러넘친다. 마늘을 쓰지 않아서인지 맛이 담백해 얼마든지 먹을 수 있었다. 집에 가서 먹자고 해 놓고 가게 밖에 마련된 취식 코너에서 다 먹어 버렸던 일은 행복한 추억으로 남아 있다.

평일인데도 그 가게만큼은 손님들로 북적대는 모습이었다. 아무 생각 없이 지나치려던 가오리가 "아!" 하고 소리를 냈다. 취식 코너 끄트머리에서 입안 가득 닭튀김을 넣고 우물거리고 있는 다카라가 보였기 때문이다.

이 가게는 갓 튀긴 닭튀김을 특제 종이봉투에 담아 바로 먹을 수 있도록 꼬치를 넣어 주는데 다카라는 그 꼬치에 닭튀김을 꽂아 와구와구 먹는 중이었다. '홧김의 폭식'이라는 표현이 곧바로 떠올랐다.

주뼛주뼛 다카라에게 다가간 가오리가 "저, 저기, 이거" 하며 작은 상자를 내밀었다.

"그게, 떨어져 있길래. 파출소에 가져다주러 가는 길이었거든요."

"으응?"

파이프 의자에 걸터앉은 다카라가 가오리를 올려다보았다. 조금 전의 화가 채 가라앉지 않았는지 미간에 깊은 주름이 파였고, 기름이 번지르르한 입술이 툭 튀어나와 있었다. 그러더니 이내 손에 들고 있는 종이봉투에 꼬치를 푹 찔렀다. 덥석, 닭튀김을 물어뜯는다.

"허어. 뭐야, 이걸 일부러 주워 온 거야?"

낮은 목소리로 묻고는 아래부터 훑어보듯 시선을 들어 올린다. 왠지 자신을 노려보는 것 같다고 느낀 가오리의 목소리가 "네, 네헤" 하고 뒤집어졌다.

다시 본 다카라짱의 모습은 좌우지간 다양한 색감으로 가득했다. 선명한 레몬색 상의에 핑크 치마. 손목에는 알록달록한 색의 팔찌가, 무릎까지 올라오는 부츠는 흰색이었다. 거기에 무척 예쁜 금빛 머리카락. 눈매를 강조한 진한 아이메이크업에 튀는 색 입술. 짧은 손톱 위에는 반짝반짝한 파츠들이 얹어져 있었다. 평소에 입는 티셔츠와 청바지에 화장도 하지 않은 자신과 비교하면 의욕 자체가 다른 것 같다.

"아, 그, 팔찌, 가상세계… 미와 씨…."

다카라의 팔에 채워진 옅은 녹색 팔찌는 가오리가 무척 좋아하는 밴드 '가상세계'의 굿즈였다. 멤버 전원이 토끼 인형 옷을 입고 하드 록을 연주한다. 기타리스트 미와만 얼굴을 드러냈는데 눈이 번쩍 뜨일 정도로 놀라운 미남이라 팬들 사이에서 절대적인 인기를 자랑한다. 미와의 개인 색상이 옅은 녹색이고, 가오리도 똑같은 걸 가지고 있다.

"어? 이걸 알아? 그럼, 최애가 미와?"

"아, 저는 완전체 팬이라… 그래서 모든 색이 다 있어요…."

"진짜! 와, 나 가상세계 팬 처음 봤어!"

굉장한 우연이잖아! 활짝 웃은 다카라가 금세 “아! 맞다. 미안” 하고 덧붙인다. 예쁘게 다듬은 눈썹이 축 늘어졌다.

“혹시, 일부러 날 찾아다닌 거야? 미안해라. 아니, 그보다 거기 있었나 보네? 아후, 창피해. 그런 꼴을 보게 한 것도 미안하다.”

아, 앉아요, 앉아. 다카라는 자기 옆의 파이프 의자를 가오리 앞으로 끌어다 주면서 “아, 닭튀김 먹을래? 화가 나서 허기지는 바람에 2킬로그램이나 사 버렸네” 하고 말했다.

“아저씨가 꼬치도 넉넉하게 줬는데, 응? 먹어 봐. 아, 혹시 닭튀김 안 먹나?”

생글생글 웃는 얼굴이 무척 다정하다. 마치 다른 사람 같다. 그 모습에 깜짝 놀란 가오리가 느릿느릿 고개를 끄덕이며 파이프 의자에 앉자 “자, 먹어 보라니까”라며 꼬치에 닭튀김을 두 개나 꽂아서 건네줬다. 받아 드는 가오리를 보고 “맛있다, 이거” 하며 가게를 올려다봤다.

“그냥 냄새에 혹해서 먹어 봤는데 엄청 맛있네. 얼른, 따뜻할 때 먹어 봐.”

“앗, 아아, 네, 감사합니다.”

기세에 눌려 닭튀김을 베어 물었다. 찌익, 뜨거운 기름의 달큼함이 입안에 퍼진다. 가오리는 후후 불어 가며 단번에 닭튀김을 먹어 치웠다. 그러고 보니 오늘 아침에 밥 생각이 없어서 아무것도 먹지 않았던 것이 문득 생각났다.

그 사이 다카라는 가오리가 주워 온 작은 박스를 거칠게 열었다.

"이거, 사귄 지 1년 된 기념으로 주려고 산 거거든."

박스 안에는 선명한 푸른색의 가죽 팔찌가 담겨 있었다.

"예전부터 갖고 싶어 하길래 큰맘먹고 샀더니."

쳇, 작게 중얼거린 다카라가 쓸쓸하게 웃었다.

"그랬군요. 쉽게 살 만한 물건은 아닌 거 같은데."

가오리는 명품을 잘 모르지만 그래도 다카라의 손에 든 것이 얼마나 고급 브랜드인지는 알고 있다. "뭐 그렇지" 다카라가 자기 손목 위에 팔찌를 가만히 얹어 보더니 "내가 차기에는 좀 크려나? 아닌가, 괜찮을 것도 같고"라며 이리저리 살펴본다.

"나도 참, 바보지. 물건에는 죄가 없는데 왜 이걸 버렸을까. 주워다 줘서 고마워. 아, 뭐라고 부를까?"

"저, 가오리예요. 이노우에 가오리."

"난, 에노모토 다카라. 다카라라고 불러. 아, 반말해도 돼."

다카라가 피식 웃었다.

"딱 봐도 비슷한 나이 같아서. 난 스물두 살, 가오리는?"

"스물셋."

"한 살 위네."

후후, 고개를 끄덕인 다카라는 "아, 맞다. 우리 얘기 어디까지 들었어? 그 자식 말이야, 오랜만의 데이트인데 내 모습이 마음에 안 든다고 계속 투덜대는 거 있지?"라며 테이블을 가볍게 툭툭 두드렸다.

"지금까지는 걔 취향에 맞춰 줬거든. 검은 긴 머리에 꽃무늬 시폰 원피스."

다카라는 긴 머리에 옷, 손톱까지 남자 친구의 취향에 맞춰 왔다고 한다. 하지만 자신의 진짜 취향을 알아줬으면 하는 마음에 이번에 일부러 좋아하는 스타일을 다 오픈해 버렸다고. 그랬더니 남자가 계속 "싫다", "창피하다" 같은 말만 연발한 모양이다.

"내 눈에는 예쁘기만 한데."

다카라를 다시 한번 살펴본 가오리가 말했다. 밝은색들의 조합이 화려한 이목구비의 다카라와 잘 어울렸다. 외모도 수수하고, 사람들의 시선을 끄는 것이 불편한 가오리는 절대로 소화할 수 없는 스타일이지만 어울리는 사람들은 맘 편히 실컷 입었으면 좋겠다. 그야말로 눈 호강을 하는 기분이다.

"고마워! 난 이런 스타일 진짜 좋아하거든!"

히히히, 웃던 다카라가 다시 미간에 주름을 새긴다.

"근데 그 거북남 자식! 난 걔 외모를 내 입맛에 맞추려고 강요한 적 한 번도 없거든? 난 이런 스타일이 좋은데, 하고 생각만 했지. 근데 그 녀석은 당연하다는 듯 잔소리를 퍼붓잖아. 짜증 나게 진짜! 덜떨어진 놈이!"

푸욱, 닭튀김을 찔러 한입 가득 넣는다. "맛있다!"라며 볼을 잔뜩 부풀리는 다카라를 보다가 가오리는 자기도 모르게 소리 내 웃고 말았다.

"다카라짱, 멋있는 사람이구나."

"내가? 잔뜩 힘줘서 멋 내고 왔다가 그 길로 헤어졌는데? 대체 어디가 멋있다는 거야?"

"그렇게 된 건 무척 화나겠지만, 그래도 멋있었어. 정말로."

"칭찬을 과하게 하네."

쑥스러운 듯 다카라가 웃었다. 곧이어 가오리가 "간사이 지역에서 관광하러 온 거야?" 하고 물었다. 다카라가 사투리를 쓰고 있었기 때문에 간사이 출신이라는 사실을 바로 알 수 있었다.

"아니, 기타큐슈시에 살아. 고등학교 때 부모님 일 때문에 규슈로 이사 왔거든."

"기타큐슈."

가오리는 잘 모르는 지역이었다. 고개를 살짝 갸우뚱거렸다. "잘 모르는구나. 여기서 고속 도로로 두 시간 정도 걸리려나? 그렇게 멀진 않아" 하고 다카라가 덧붙였다.

"이번에도 내 차 타고 왔는데… 그러고 보니 거북남 자식은 어떻게 집에 가려나. 하긴, 이제 내 알 바 아니지."

잊고 있었다는 듯 깔깔 웃은 다카라가 "근데 가오리는 거기서 뭐 하고 있었어?" 하고 물었다.

"으음, 산책. 난 저쪽에 살거든."

맨션이 있는 쪽을 가리키자 "이 동네 사람이구나. 그나저나 산책 중이었다는 건, 지금 안 바쁘다는 뜻?" 하고 다카라가 물었다.

"아, 뭐. 응."

"그럼, 잠깐 나랑 데이트할래?"

다카라가 히죽 웃었다.

이제 막 알게 된 사람과의 나들이.

평소의 가오리라면 거절했을 터였다. 어떤 사람인지도 모르는 상태의 이런 만남은 익숙하지 않았다. 하지만 가오리는 고개를 끄덕여 버렸고, 잠시 후에는 다카라의 차를 타고, 다카라가 가고 싶다고 했던 우미타마고 수족관에 도착해 돌고래쇼를 보고 있었다. 커다란 돌고래의 탄력 있는 움직임이 부드럽게 허공을 가른다. 아이들 틈에 섞여 환호성을 지르며 관람한 다음, 이런저런 수조를 구경하며 걸었다.

우미타마고에 온 것은 이번이 두 번째였다. 첫 번째 방문은 당연히 미치오와 함께였는데 도중에 아픈 동물이 미치오의 동물병원을 찾았다는 연락이 와서 돌아가야 했다. 다시 한번 와 보고 싶었던 곳이라 가오리도 기뻤다.

"벳푸, 굉장하다. 콧속에서 계속 유황 냄새가 나는 기분이야."

"아, 어떤 느낌인지 알아! 나도 여기 처음 왔을 때 냄새 때문에 놀랐거든."

수족관으로 오는 길에 두 사람은 간단한 자기소개를 마쳤다. 가오리는 시가에서 여기로 시집을 왔다는 것(와, 벌써 결혼했어? 라며 다카라는 무척 놀라워했다)을, 다카라는 텐텐 이삿짐센터에서 일하는 사회인이라는 사실을 서로에게 말했다.

"'텐텐, 텐텐, 텐텐 이삿짐센터' 의 그 텐텐. 거기 직원이야."

텐텐 이삿짐센터는 규슈 내에 체인망을 가진 편의점인 텐더니스의 계열사 중 하나였다. 규슈 주민이라면 누구나 알고 있는 텐텐 이삿짐센터의 시엠송. 규슈 거주가 반년밖에 되지 않은 가오리에게도 익숙한 노래를 부르는 다카라에게 "사무직이나 고객 센터 업무를 하는 거야?"라고 묻자 "아니, 운송 담당" 하고 답한다.

"초등학교 때부터 쭉 유도를 해 와서 체력만큼은 자신 있거든. 아마 웬만한 남자들보다 힘도 더 셀걸."

이것 봐, 라며 왼쪽 팔을 굽혀 힘을 주자 매끄러운 팔뚝의 근육이 보기 좋게 올라왔다. 가오리가 "대단하다"라고 말하자 "몸을 움직이는 일이 적성에 맞는 것 같아"라며 가슴을 내

밀어 보였다.

"좋겠다. 온천 근처에서 사는 거! 와, 해파리. 이 해파리 귀엽다아."

해파리 코너는 조금 어두웠고 수조마다 조명이 켜져 있었다. 해파리들이 불빛 아래에서 흐늘흐늘 유영한다. 그 모습을 들여다보는 다카라의 얼굴이 티 없이 천진해 마치 아이 같다. "여기 해파리의 다리 같은 부분, 왠지 레이스 같다. 만져 보고 싶어" 넋을 잃고 바라보는 모습을 힐끗 쳐다본 가오리가 "다카라는 정말 대단하구나" 하고 중얼거렸다.

"아까도 멋있다고 했지만, 정말 대단한 것 같아. 남자 친구랑 헤어진 직후잖아? 나 같으면 지금쯤 절망에 빠져 울고불고 난리가 났을 텐데. 이런 데 와서 이렇게 즐기지 못했을걸. 그 강인함이 부러워."

"어? 아닌데. 실은 나도 울고 싶어."

가오리에게 시선을 돌린 다카라가 태연하게 말했다.

"약속 장소에서 만나자마자 옷차림이 그게 뭐냐면서 질색하는 표정을 짓더라. 실은 그 눈빛을 본 순간부터 쭉 울 것 같았어. 내 딴에는 제일 예쁜 모습이라고 생각해서 가장 좋아하는 옷을 입고 왔는데 남자 친구는 화만 내고. 아무렇지 않을 리가 없잖아. 바닷가에서 '창피하니까 좀 떨어져서 걸어'라는 말을 들었을 때는 정말로 울음이 터질 것 같았다니까. 그렇지만, 거기서 내가 울면 안 되잖아. 울다가, 우는 내가 불쌍해서 더 울고 그러다 보면 완전 눈물의 구렁텅이에 빠지는 거니까. 차라리 엄청나게 화를 내는 게 낫지 않나 싶어서, 내가 봐도 심할 정도로 화를 내기로 결심했어. 그래서 그땐 거침없이 퍼부었지."

자신이 부정당했을 때 어떻게 반응하는 것이 정답인지 가오리는 알지 못하지만, 그래도 다카라의 행동은 틀리지 않았다고 생각했다. 피에트 양을 데리고 있던 할머니가 "화 한번 시원하게 잘 내더라"라고 말할 정도였으니까. 하지만….

"말은 쉽지만, 실제로 그렇게 화를 내긴 어렵잖아."

"그냥 지르는 거야. 철저하게, 제대로 화를 내 버려. 사람은 슬프면 눈물을 흘리잖아? 그걸 분노로 바꾸는 거지. 눈물이나 분노나 결국 같은 성분으로 만들어졌으니까."

싱긋 웃는 얼굴에 부드러운 불빛이 비쳤다. 가오리는 그 모습을 한동안 바라보다 마음속으로 눈물과 분노, 라는 말을 몇 번이고 되뇌었다. 마음 깊은 곳이 저릿했다.

"어떻게 그렇게…. 사실 나, 많이 외롭거든."

자기도 모르는 사이 잊고 있던 고향 사투리가 튀어나왔다.

"아마도, 아니, 분명히, 향수병이야. 집이 너무 그리워. 부모님이 있는 곳으로 돌아가고 싶어. 여기에 올 때 다들 걱정했는데 난 아무 문제 없을 거라고 웃어넘겼어. 근데, 외로워졌어. 매일 평화롭고, 나름 행복하게 살고 있는데도 외로워."

점점 목소리에 울음기가 묻어 난다. 그래도 가오리는 더듬더듬 말을 찾으며 이야기를 이어 갔다.

"오늘 아침엔 도저히 참지 못하고 울어 버렸어. 이런 눈물은 분노가 아니잖아? 이럴 때는 대체 어떡하면 좋은 걸까."

다카라가 작게 갸웃거렸다.

"흐음, 그럴 땐 자신에게 화를 내 버리면 되지 않나?"

"나한테?"

"응. 별거 아니라고 쉽게 생각했던 자신에게 말이야. 그런 경험 나도 있거든. 얼마 전엔 거뜬히 들 수 있다고 생각한 옷장이 있었는데 제대로 잡지조차 못하겠더라고. 옛날 가구들은 왜 이렇게 무거운지. 주인이 귀한 거니까 잘 다루라고 그렇게 강조했는데 흠집을 내 버렸어."

정말 한심했다니까. 다카라는 씁쓸한 어투로 "과신했던 거지. 내 잘못이었으니까 자신에게 화내고 주위 사람들에게 사과하고 도움을 청했어" 하고 말을 이었다.

"가오리도 과신했던 자신에게 화를 내고, 주위 사람들에게 무리였다고 털어놔야 하지 않을까."

"옷장이랑 향수병이 같을까? 잠시 본가에 돌아가 향수병이 낫는다 해도, 다시 여기에 돌아오고 싶은 마음이 안 생기면 어떡해."

그나저나 우리 너무 떠드는 것 같은데 밖으로 나갈까. 근처에 있던 노부부가 힐끔힐끔 쳐다보는 것을 느낀 다카라가 먼저 발걸음을 옮겼다.

'아소비치'라는 이름의 구역은 모래사장을 재현한 곳으로, 물개 수영장과 펭귄 코너 등으로 꾸며져 있었다. 한여름 못지않은 더위 때문인지 맨발로 물가에서 노는 아이들이 보였다. 페트병 주스를 사서 구석에 있는 벤치에 앉은 다카라는 "아까 했던 얘기 말인데"라며 입을 열었다.

"눈물을 흘리는 모드에서는 무조건 부정적이 되잖아? 감정이 어두워지니까. 하지만 화내는 모드일 때는 희한하게도 긍정적이 돼. 뭘 이딴 걸로 우물쭈물 고민하고 앉았어? 하는 생각이 들거든. 그래서 앞으로 어떡할지 울면서 고민하느니, 화를 내는 게 나은 것 같아."

여기, 건네 오는 페트병을 받아 든 가오리는 후우, 하고 깊은 한숨을 쉬었다. 한 살 차이밖에 안 나는데, 심지어 동생인데, 정말 대단하다. 이 아이는 분명 나보다 훨씬 다양한 인생 경험을 쌓아 왔을 것이다.

이런 마음으로 바라보고 있다는 걸 눈치챈 것일까. 다카라가 "감동 중인 것 같은데 미안하지만, 나도 들은 말이야"라며 다시 입을 열었다.

"1년 전쯤 알게 된 아저씨가 해 준 얘기. 나 있잖아, 학창 시절부터 남자 운이 지지리도 없었어. 뭐, 내 잘못이기도 하지만. 잘생긴 남자가 다정하게 굴면 금방 빠져 버리거든. 나도 그 사실을 알고는 있는데, 도저히 거부할 수가 없어. 아까 그 거북남도 얼굴은 완전 꽃미남에다가 자상한 면이 있었거든. 아참, 아까 하던 얘기로 다시 돌아가자면, 당시 만나던 남자한테 차일 때 큰 상처를 받았어. 그 자식이 글쎄, 뒤에서 나를 '근육 고릴라'라고 부르고 있더라고. 나한테 팔씨름 좀 졌다고 그런 말을 하고 다니다니. 그릇이 코딱지만 하다니까. 그래도 충격은 충격이었어. 왜 내가 좋아하는 사람들은 날 소중하게 대하지 않는 걸까, 날 좋아해 주면 그걸로 충분한데 왜 다들 내게 상처만 줄까. 이런 생각에 눈물이 났어."

그날은 큰 저택의 이사가 잡혀 있었다고 한다. 거의 반쯤 울먹이며 일하던 다카라에게 동료들은 "얼굴만 보고 고르니까 그렇지", "상대를 좀 더 잘 알아보고 만나"라며 질린 듯 말했지만, 당시 현장에 같이 나와 있던 폐품 수거 업자만큼은 진지하게 이야기를 들어 주었다고 한다. 그러더니 "화를 내"라고 조언했다고. 어떤 놈을 좋아하든 자기 마음이니 누굴 만나든 상관없지만, 상처받은 일에 대해서는 확실히 화를 내라고. 그 말을 듣고 당장 화를 내 보니 '울 일도 아닌 일에 괜히 울고 있었구나' 하는 자각이 늘었다고 했다.

"아니 진짜로 그게 진리였다니까. 내가 상처받을 필요 없다는 생각에 훌훌 털어 버렸어. 그때부터는 눈물이 날 것 같으면 차라리 화를 내기로 했지. 이번 일도 그렇잖아? 내 옷차림을 받아들일 생각은 조금도 하지 않고 계속 부정만 했어. 내가 왜 이런 옷을 좋아하는지, 왜 지금 시점에 이런 내 모습을 그대로 보여 주기로 했는지, 그 자식은 하나도 관심이 없었어. 자기가 좋아하는 모습으로만 날 보려고 했다고."

가오리는 순간적으로 가슴이 덜컥했다. 하지만 그 덜컥임이 무엇을 의미하는지는 알지 못했다. 작은 의문을 품은 채 "그 사람 대단하다" 하고 답했다. 다카라가 "대단하지?"라며 끄덕인다.

"대단하고 재미있는 사람이야. 아저씨지만 꽤 잘생겼다고. 뭐 내가 좋아하는 타입의 꽃미남은 아니지만. 나는 라르크 앙 시엘(일본의 4인조 록 밴드–옮긴이)의 하이도(라르크 앙 시엘의 보컬리스트–옮긴이)처럼 반짝반짝 빛이 나는 예쁜 미남이 취향이거든. 가상세계의 미와도 젊은 시절 하이도랑 닮지 않았어?"

후후후, 다카라가 수줍은 듯 웃는다. 그 얼굴을 본 가오리도 "듣고 보니 확실히 그 계열이긴 하네"라며 덩달아 웃었다.

"가족들에게 항수병에 걸린 것 같다고 털어놔 볼까."

중얼대듯 말하자 다카라가 "그렇게 해 보자" 하고 부드럽게 말한다.

"고향에 계신 부모님은 의외로 좋아하시지 않을까? 딸이 그런 어리광을 부리면 기뻐하실 것 같은데. 남편은 어떨지 모르지만, 가오리를 사랑한다면 같이 고민해 줄 거야. 혼자 끙끙대지 말고, 털어놓으면 편해질지도 몰라."

"응."

캬아아, 하는 소리가 들려 고개를 들자 조그만 아이들이 신이 나서 펭귄을 보고 있었다. 옆에 있는 부모님에게 "기엽지. 귀여어" 하고 서툰 발음으로 열심히 말하는 모습을 엄마와 아빠가 휴대폰으로 찍는다. 그 표정은 아주 다정했고, 결혼식장에서 본 부모님의 표정과 많이 닮아 있었다. 남편의 모습과도 닮았을지 모른다.

아아, 난 정말 바보였구나, 가오리는 생각했다. 나는 진짜 바보야. 다카라의 말은 아주 쉽게 가슴을 두드렸고, 왜 지금껏 혼자 괴로워하고 있었는지 스스로도 이해가 가지 않았다. 외롭고 쓸쓸해. 이 한마디만 하면 되는데 말하지 못했다.

"고마워, 다카라. 덕분에 무척 안심했어."

그저 마음가짐이 조금 달라졌을 뿐인지도 모른다. 하지만 구원받은 듯한 기분이 들었다.

"그건 내가 할 말이야. 슬플 때 같이 있어 줘서 정말 기뻤어. 아까는 화를 내면 된다고 아무렇지 않게 말했지만, 그다음도 중요하니까. 혼자 있으면 아무리 힘을 내려고 해도 쉽게 눈물 흘리는 상태가 되어 버리잖아. 그래도 가오리 덕분에 실연의 상처가 금방 아물고 있어."

"정말? 그렇다면 나도 기뻐."

후후후, 두 사람이 함께 웃는다.

"아, 그래. 우리 모처럼 이렇게 만났으니 친구 하자. 나 드라이브 좋아하거든. 여기에 또 놀러 올게."

"와, 좋아. 정말 기뻐. 나도 기타큐슈시에 갈게. 만나러 갈게."

연락처를 교환하자 가오리의 심장이 콩닥거리기 시작했다. 그래, 여기에 온 이후로 친구도 만들지 못했다. 별것 아닌 대화를 나눌 수 있는 사람은 오직 미치오뿐이었다. 이거였나? 이게 외로움의 이유 중 하나였을지도 모른다.

"저기, 다카라. 저 물개 수영장 앞에서 같이 사진 찍는 거 어때? 기념으로!"

"응, 당연히 좋지. 근데 이런 순간에 제일 먼저 가는 데가 물개 수영장이라니, 이게… 맞는 거야?"

그 후로 두 사람은 수족관 안을 돌며 사진을 잔뜩 찍었다.

"가오리, 어쩜 이렇게 사진을 잘 찍어?"

서로 찍어 준 사진을 함께 보다가 다카라가 말했다.

"아, 옛날에 사진작가를 꿈꿨었거든."

초등학생 때부터 카메라를 좋아하는 아버지의 영향으로

카메라를 자주 만졌다. 언젠가는 사진작가가 되겠다는 꿈이 있었지만, 대학교 4학년 때 포기했다. 압도적으로 감각이 뛰어난 후배가 있었는데 그 아이가 직접 만든 사진집을 본 순간, 나는 프로가 될 수 없다는 것을 깨달았다. 압도적 차이, 나에게는 미래가 없다는 사실에 절망해 그날 이후 카메라를 봉인해 뒀다.

"그랬구나. 난 이쪽으로는 영 센스가 없는데, 부럽다. 아, 말하다가 문득 생각났는데 취미로 즐기면 되지 않아?"

"취미?"

"요즘 시대에 사진 잘 찍는 능력은 어디서든 발휘할 수 있잖아. 천하를 손에 넣을지도!"

"천하라니, 너무 과한 말이네."

"아니라니까. 시험 삼아 이 물개가 하품하는 사진 같은 거 SNS에 업로드해 봐. 거기서 새로운 뭔가가 시작될지 몰라."

"나 SNS는 구독만 하는데. 그러고 보니 내가 직접 올리는 방법도 있구나."

"뭐야, 그걸 지금 깨달은 거야? 이런 SNS 시대에? 가오리, 재밌는 사람이네."

별것 없는 대화가 즐겁다.

한 바퀴 쭉 둘러보며 같이 놀다가 기념품 몇 가지를 사 들고 우미타마고를 나왔다. 바다 위로 오렌지빛 윤슬이 넘실대고 있었다. 즐거운 시간은 눈 깜짝할 새에 흘러간다.

"오케이. 숙소 잡았다!"

차로 돌아오자마자 휴대폰을 만지작거리던 다카라가 "예이!" 하고 환성을 질렀다.

"어? 자고 가는 거야?"

"원래 거북남이 예약한 호텔에서 묵을 계획이었거든. 그래도 모처럼 여기까지 왔는데 온천도 하고 맛있는 것도 먹으면서 느긋하게 쉴까 해서. 혹시 가오리, 내일도 시간 돼?"

대답 대신 고개를 끄덕이자 다카라가 "내일도 같이 놀까?" 하고 묻는다.

"유후인 같은 데 가 볼래?"

"아, 가고 싶어!"

이대로 헤어지긴 아쉽다고 생각하던 차였다. 무심결에 들뜬 목소리를 낸 가오리의 모습에 다카라가 "잘됐다" 하고 웃는다.

"내일은 가상세계 음악 크게 틀고 드라이브를 떠나는 거야!"

"응!"

차로 집 근처까지 데려다준 다카라와 "내일 또 봐"라는 인사를 나누고 헤어졌다.

내일 또 봐, 라고.

멀어지는 차를 향해 손을 흔드는 가오리는 번지는 미소를 숨기지 못했다. 꽤 오랫동안 이런 대화를 나누지 못했다. 내일이 기대되는 것도 오랜만이었다.

들뜬 마음으로 집에 돌아가 저녁 준비를 했다. 얼른 미치오가 돌아왔으면 좋겠다. 하고 싶은 이야기가 많다.

그러나 미치오는 "괜찮은 거야?" 하고 미간을 찌푸렸다.

"이상한 사람은 아니고?"

같이 찍은 사진을 본 미치오가 "치장도 너무 화려하고"라고 덧붙인다.

"치장이 화려하다고? 예쁘지 않아? 가상세계를 좋아하는 것도 나랑 통한다니까."

"가상세계? 아아, 그때 갔던 그…. 난 그 사람들 음악, 어디가 좋은지 잘 모르겠다고 했었지."

미치오가 작게 한숨을 쉬었다. 연애 시절 같이 콘서트에 간 적이 있었는데 미치오는 머리가 아프다며 도중에 밖으로 나갔다. 황급히 따라 나간 가오리에게 "나 같은 아저씨는 젊은 애들이 좋아하는 음악이 잘 이해가 안 돼, 미안"이라고 파리해진 얼굴로 사과하더니 "끝까지 즐기고 와"라고 덧붙여 말했다. 하지만 차마 미치오를 남겨 두고 다시 들어갈 수 없어 함께 집에 돌아갔고, 그 후로 가상세계의 이야기를 굳이 꺼내는 일은 없었다.

"음악성은 모르더라도, 나랑 다카라가 마음이 통한다는 것 정도는 알아줄 수 있잖아."

"이 다카라라는 친구, 기타큐슈 사람이라며? 멀잖아. 이왕 친구를 사귈 거면 가까운 데서 찾는 게 어때? 멀어도 상관없으면 그냥 고향 친구들이랑 얘기하면 되잖아. 전화로든, 메일로든."

"잠깐. 미치오는 내가 다카라랑 친하게 지내는 게 싫어?"

아무리 봐도 같이 기뻐해 주는 분위기가 아니다. 가오리의 질문에 미치오는 "싫다기보다는…" 하고 머리를 긁적였다.

"걱정이 돼서 그래. 당신이랑은 전혀 다른 부류인 데다가 너무 급작스럽기도 하고."

"부류… 부류라고? 겉모습을 보고 그렇게 판단하는 거야?"

"겉모습도 중요한 요소잖아. 그러니까 당신도 사진을 보여 주는 거 아냐?"

"난 즐거워하는 모습을 보여 주고 싶었던 거야."

발끝에서부터, 말로 표현할 수 없는 불쾌한 감정이 올라온다. 뭔가 잘못됐다. 어딘가 분명 어긋나고 있다.

"그리고 사진, 그만둔 거 아니었어?"

미치오가 문득 시선을 돌렸다. 카운터 위에 올려둔 SLR 카메라가 투박하게 빛났다.

"이 집에 가지고 온 줄도 몰랐는데, 깜짝 놀랐어."

"오늘 오랜만에 사진을 찍어 보니까 재미있더라고. 취미로 다시 시작해 볼까 해서."

"그렇게 많이 울어 놓고. 상처받았었잖아."

가오리의 말문이 턱 막혔다. 후배가 직접 만든 사진집을 보고 완전히 무너진 후 자신 있게 응모했던 작품이 공모전에서 탈락했다. 재능이 없다는 사실을 여지없이 확인시켜 주는 것만 같아 가오리는 마음 깊이 상처받았고 그때 위로를 건넸던 사람이 연애하기 전의 미치오였다. 미치오는 당시 느꼈던 가오리의 절망과 슬픔을 누구보다 잘 알고 있었다.

"상처받긴 했지만 역시 사진이란 좋은 거구나, 라는 생각이 들었어."

"글쎄, 난 이게 맞는 건지 잘 모르겠어. 아직 익숙하지도 않은 동네에서 카메라를 들고 여기저기 돌아다니는 것도 걱정이고. 거기다 이제 막 알게 된 사람 말을 듣고 이러는 거잖아. 과연 좋은 생각일까?"

무언가 탐탁지 않다는 듯 말한 미치오가 고개를 천천히 저었다.

"미치오, 왜 그래? 어째서 그런 말을 하는데?"

떨리는 목소리를 애써 가다듬었다. 친구가 생겨서 좋겠다, 라는 말을 들을 줄 알았는데. 사진 열심히 한번 찍어 봐, 라고 응원해 줄 줄 알았는데.

"난 장인, 장모님께 당신을 지켜 주겠다고 약속했어. 나한테는 책임이 있다고. 여기에 와서 이상한 친구나 사귀면 내가 무슨 낯으로 두 분을 뵙겠어."

"잠깐, 다카라는 이상한 사람이 아니라고! 정말 좋은 애야."

"당신이 아무리 좋은 친구라고 말해도 내 입장에서는 아, 그렇구나, 하고 넘어갈 수가 없어. 지금껏 만나던 친구들과는 너무 다르잖아? 그래, 우리 결혼식 때 축하 연설해 준 그 친구 있었지, 히로미였나? 그 친구랑 정반대야. 히로미는 어머니도 무척 마음에 들어 하셨어. 가오리는 이렇게 똑 부러지는 사람과 친구구나, 라면서. 아무튼."

미치오가 들고 있던 가오리의 휴대폰을 내려놓았다.

"친구는 잘 골라서 사귀는 게 좋아. 괜한 심술부리는 게 아니야. 어디까지나 당신을 걱정해서 하는 말이지. 내 말 이해하지?"

대화가 안 통한다. 머리가 세게 후려쳐진 듯한 충격이었다.

"거북남…."

말 그대로 거북남이었다. 말도 안 돼. 내가 사랑하는 남편도 거북남과 똑같은 생각을 하는 사람이었다고? 차라리 울어 버리고 싶었지만, 꾹 참는다. 울면 안 돼.

"어? 거북 뭐?"

의문스러운 눈빛으로 바라보는 미치오를 앞에 두고, 가오리는 심호흡했다. 울지 마.

'자기가 좋아하는 모습으로만 날 보려고 했다고.'

문득, 다카라의 말이 떠올랐다. 그리고 그때 가슴이 덜컥 했던 이유를 이제야 깨닫는다.

"미치오가 좋아하는 모습…. 미치오가 원하는 모습으로 살려고 했어, 나."

본인의 입에서 흘러나온 소리에 자신도 오싹함을 느꼈다. 하지만 동시에 마음이 차분하게 가라앉았다.

그래, 미치오를 실망시키지 않으려 무의식적으로 그의 취향에 맞춰 왔다.

그가 바라는 대로 집 안에서만 지내며 그가 원하는 생활을 유지해 왔다. 그것이 곧 행복이라 믿었다. 결혼이란 이런 것이며 이 또한 결혼의 근사함이라 생각했다. 하지만 무의식 속의 나는 잃어버린 '나다움'을 찾고 있던 것이다. 아아, 그렇구나. 내가 돌아가고 싶은 것은 고향이 아니다. 향수병이 아니야. 나는 원래의 나로 돌아가고 싶었던 거다.

"가오리? 갑자기 왜 그러는 거야."

멍하니 있는 가오리의 모습에 의아해하며 미치오가 얼굴을 들여다본다.

"내가 한 말 때문에 기분 상했어? 그래도 다 당신 생각해서 하는 말이야. 친구가 필요하면 요리 교실 같은 데를 다녀

보는 게 어때? 어머니한테 괜찮은 곳 있는지 물어볼게."

"그런 게··· 아니야. 그런 게 아니라고··· 미안, 오늘은 그냥 잘게."

지금은 제대로 이야기할 수 없을 것 같다. "왜 그래, 뭐 때문에 그러는데"라며 초조해하는 미치오를 남겨 둔 채 가오리는 침실에 들어가 이불 속에 틀어박혀 몰래 울었다. 내가 너무 안일하게 생각했어. 어리석었어. 미치오가 바라는 훌륭한 아내와 나다움이 공존하지 않을 수 있다는 사실을 생각조차 하지 못했다.

"바보구나, 나···."

정말 바보야.

눈물을 흘리며 다카라에게 말을 건넨다. 다카라, 역시 넌 대단해. 나는 화를 낼 수 없어. 조금도 화내지 못했어. 그저, 그저 울고 있을 뿐이야.

다음 날 아침, 가오리의 얼굴은 엉망이었다. 퉁퉁한 눈두덩이는 말할 것도 없고 얼굴 전체가 부어 있었다. 차가운 물로 여러 번 세수해 봤지만, 아무 소용이 없었다.

"하하."

거울 속에서 떨떠름한 표정을 짓고 있는 자신을 향해 웃음을 흘리는데 미치오가 쓱 다가온다. 머쓱해하는 모습이었다.

"저기, 가오리. 어제는 말이야."

"미안. 지금은 얘기하고 싶지 않아. 식사 준비해 뒀으니까 먹어."

이런 형편없는 얼굴을 하고 또다시 울 수는 없었다. 미치오의 옆을 지나쳐 부엌으로 향했다.

언제나처럼 온화한 아침이었다. 자그마한 창으로 부드러운 바람이 불어와 커튼을 흔든다. 식탁에는 일식을 좋아하는 미치오를 위한 요리들. 달걀말이에 된장국, 깨소금을 넣고 무친 강낭콩, 무와 다시마를 같이 절인 요리 등이 차려져 있다. 평소와 다른 점은 탁자 위에 카메라가 떡하니 자리 잡은 것뿐이었다.

미치오가 좋아하는 뜨거운 호지 차를 끓여 함께 내주자 미치오는 마음이 편치 않은 듯한 모습으로, 그러나 든든하게 식사를 마친 후 "잘 먹었습니다"라며 젓가락을 내려놨다.

"저기, 오늘 저녁에 다시 얘기하자."

"그래…."

가오리가 천천히 고개를 주억거렸다. 이렇게 지낼 수는 없다. 지금껏 향수병인 줄 알고 괴로웠다는 사실과 그 이유를 미치오에게 전해야만 한다.

"저녁때까지 내 나름대로 생각을 정리해 볼게."

소곤거리듯 힘없이 답하자 슬픈 얼굴로 미간을 찌푸리던

미치오가 “다녀올게”라는 말과 함께 집을 나섰다. 여느 때처럼 현관 앞에서 배웅하는 일까지는 할 수 없었다.

집 안 청소를 마친 가오리는 다카라를 만나기 위한 준비를 하고 밖으로 나갔다. 오늘도 날씨가 좋을 모양이다. 기분 좋은 바닷바람이 뺨을 쓰다듬었다.

짧은 클랙슨 소리가 들리고, 돌아본 곳에는 다카라의 차가 도착해 있었다. 차 안에서 다카라가 손을 흔든다.

“안녕! 오늘도 잘 부탁해!”

온천 덕분인지 피부가 더 반들반들해진 듯한 다카라가 차에 탄 가오리의 얼굴을 보고는 “무슨 일이야”라며 깜짝 놀란 표정을 지었다.

“좀비 같은 얼굴을 하고 있잖아.”

“내 말 좀 들어 봐, 다카라.”

“응. 물론이지. 얼마든지 얘기해.”

유후인까지는 차로 한 시간 정도가 걸렸다. 가는 동안 가오리는 어젯밤에 있었던 일을 털어놓았다. 중간중간 눈물을 글썽이며 말을 잇지 못하는 가오리의 이야기에 다카라는 “응, 응” 하고 조용히 대꾸하며 귀를 기울였다. 아름다운 산줄기를 지나 유후인 역에 다다랐을 무렵 다카라가 “남편을 정말 사랑하는구나” 하고 부드럽게 말했다.

“사랑하니까, 무의식적으로 남편을 우선한 거 아닐까?”

"사랑… 하니까?"

"그렇잖아. 억지로 참았다기보다는 사랑해서 무리를 한 거지."

사랑이란 그런 건가 봐. 고개를 끄덕거리던 다카라가 주위를 둘러본다. 딱 좋은 위치의 주차장을 발견하고는 "저기에 차 세워 두고 산책하자"라고 말했다.

가오리는 비좁은 주차장에 솜씨 좋게 차를 세우는 다카라의 옆모습을 바라본다. 그녀는 진지한 표정을 하고 있다가 갑자기 푸웁 하고 웃음을 터뜨렸다.

"아무리 그래도 남편을 거북남 취급하면 안 되지. 거북남은 나랑 1년을 같이 지냈으니 나를 알 만큼 알지만, 남편분은 사진으로만 날 본 거잖아. 똑같은 취급을 당하다니 너무 안됐다."

"다를 게 뭐가 있어. 겉모습으로 판단하는데."

"그런가? 만약에 남편이 느닷없이 온몸에 문신을 한 사람이랑 친구가 됐다고 하면 가오리도 불안하지 않겠어? 온몸이 문신으로 뒤덮여 있고 피어싱을 주렁주렁 달고 있다면?"

신이 난 말투로 던지는 질문에 가오리는 한순간 할 말을 잃었다. 다카라는 "그거랑 똑같은 거야" 하고 웃는다.

"그게 어떻게 똑같아."

"뭐가 달라. 남편분도 가오리를 사랑하니까 나를 경계한 거 아니야?"

깔끔하게 주차를 마친 다카라가 "자, 그럼" 하고 가방을 쥐었다.

"놀자!"

두 사람은 유노쓰보 거리와 긴린 호수를 한 바퀴 돌며 산책했다. 걸으면서 크로켓도 먹고, 닭튀김도 먹고, 사진도 찍었다. 해외에서 온 관광객으로 보이는 가족이 사진 촬영을 부탁하길래 찍어 줬더니, 그분들도 두 사람의 사진을 찍어 주었다. 영어로 "시스터?"라고 물어와 가오리가 고개를 저었다. 다카라는 "프렌드!" 하고 활기찬 목소리로 답했다.

"프렌드! 으음… 굿 프렌드?"

갈색 머리의 아이가 가오리와 다카라를 번갈아 쳐다보더니 싱긋 웃었다.

가족 일행과 헤어져 걷고 있는데 다카라가 "와! 부엉이가 있어!" 하고 목소리를 높였다.

"부엉이 보고 싶다. 가자, 가오리."

앞서 뛰어가려던 다카라가 그대로 멈춰 서 있는 가오리를 돌아본다. "왜 그래?" 의아한 표정으로 고개를 갸우뚱하는 다카라를 향해 가오리는 "나, 오늘 다시 한번 제대로 얘기해 볼래" 하고 새삼 선언하듯 말했다.

"미치… 남편한테 확실히 말할 거야. 내 친구한테 그런 식으로 말하지 말라고."

눈이 동그래진 다카라가 싱긋 웃었다.

"아, 뭐야. 대놓고 그런 말을 들으니까 쑥스럽잖아."

거참 민망하게. 머리를 긁적이며 웃는 다카라의 뺨이 살짝 발그레해지는 것을 보며 가오리는 자기 얼굴도 새빨갛게 달아올랐다는 것을 알았다.

"아, 그, 그렇지. 미안, 방금 나 너무 사춘기 어린애 같았지?"

"아, 아냐. 딱히 나쁘다는 건 아닌데. 그래도, 후후."

부끄러워진 두 사람이 동시에 쑥스러운 얼굴을 한다. 우리 무슨 처음 친구 사귄 중학생들 같아. 다카라의 말에 가오리도 고개를 끄덕였다.

"뭐, 뭐가 어떻든 우리 사이가 더 가까워졌다는 뜻 아니겠어? 이제 부엉이 보러 가자."

발걸음을 옮기려던 다카라가 뭔가를 발견한 듯 "어라?" 하고 멈춰 선다.

"어라? 어?"

"왜 그래, 다카라."

"무엇이든 맨."

다카라가 가리킨 곳은 넓은 주차장이었고 수많은 관광버스와 일반 승용차들이 있었다. 그 틈새로 낡고 허름한 미니 트럭 한 대가 보인다. 트럭을 자세히 들여다보니 '무엇이든 맨'이라는 글자가 적혀 있었다.

"저 차가 왜?"

"아니, 저 차가 바로, 어제 내가 얘기했던 그 아저씨 차거든. 폐품 수거하는 그…."

와, 엄청난 우연이네. 이렇게 대꾸하려던 가오리는 이어 미니 트럭에서 사뿐히 내려온, 아이돌이나 모델 뺨치게 화려하고 아름다운 외모를 지닌 여자아이의 모습에 숨을 삼켰다. 단순히 아름다운 것이 아니다. 사진집이나 팸플릿에서 방금 튀어나온 사람처럼 의상까지 갖춰 입고 있었다. 찰랑이는 긴 흑발에 새하얀 원피스, 밀짚모자와 얇은 벨트가 달린 샌들.

"여름 피서지로 휴양 온 공주님?"

"하하, 그게 뭐야. 근데 확실히 그런 느낌이 있긴 하네."

그림으로 그린 듯한 미소녀에게 두 사람의 시선이 머무는 사이 그 미소녀가 둘을 향해 종종걸음으로 뛰어오며 손을 흔든다. 뭐지, 아는 사람이었어? 라는 질문이 담긴 눈빛으로 다카라를 쳐다보자 세차게 고개를 저었다. 어쩔 줄 모르고 있는데 여자아이가 "쓰기 오빠, 빨리!" 하고 소리쳤다.

"목마르다니까!"

목! 마! 르! 다! 고! 발을 동동 구르며 외친다.

"시끄러워! 그 잠깐을 못 기다리고!"

버럭 호통치는 소리에 돌아보자, 페트병 두 개를 든 남자가 뛰어오고 있었다. 옅은 녹색의 점프슈트에 흰 티셔츠 차림이었고 점프슈트의 상의 부분을 허리에 묶은 채였다. 푸슬푸슬한 머리카락, 그에 못지않게 덥수룩한 수염. 가오리는 순간적으로 어제 수족관에서 본 해초를 떠올렸다.

"역시 아저씨가 맞았구나."

다카라가 "저기요, 아저씨… 쓰기 씨!" 하고 손을 흔들었다. 쓰기라고 불린 남자가 "응?" 하고 놀란 듯한 소리를 낸다. 그러고는 "어어, 텐텐 이삿짐의 다카라구나!" 하고 밝게 답했다.

"이야, 오랜만에 보네. 그나저나 이런 데서 만나다니 굉장한 우연이다. 뭐 하고 있었어?"

"남자 친구랑 데이트하러 왔다가 도중에 영원히 바이바이하는 바람에…. 거지 같은 남자만 고르는 제 레이더가 또 작동해 버린 거죠, 뭐. 그러다 우연히 알게 된 친구랑 여기서 데이트하고 있었어요. 근데 쓰기 씨는… 무슨 유괴 같은 거 하는 중인가요?"

다카라가 쓰기와 미소녀를 번갈아 쳐다보더니 겁먹은 말투를 꾸며 내며 물었다. 쓰기는 그 말을 껄껄 웃어넘겼다.

"한 방 제대로 날리네. 여동생이야."

두 사람의 옆을 지나친 쓰기가 미소녀에게 페트병을 건넨다. 그녀는 "왜 이렇게 늦어!" 하고 볼을 부풀리더니 페트병에 든 녹차를 엄청난 기세로 꿀꺽꿀꺽 마셨다. 하아! 시원스레 마신 후 손등으로 거칠게 입가를 훔친다.

"나 결정했어. 역시 오늘은 집에 안 갈래. 자고 갈 거야!"

"야, 농담이지? 너 분명 방금 전까지 집에 간다고 했잖아."

"생각해 봤는데 역시 가기 싫어. 모지항으로 돌아가지 않을 거야!"

싫어, 싫어, 싫다고, 여자아이가 다시 발을 굴렀다. 그 모습은 마치 가오리의 유치원생 조카 유이를 보는 것 같았다. 외모에서 풍기는 분위기와 하는 행동이 영 딴판이다.

"저기, 쓰기 씨, 무슨 일이에요?"

도저히 궁금함을 참을 수 없었는지 다카라가 조심스레 물었다. 쓰기가 사납게 머리를 긁적이며 "요 며칠 계속 성질부리는 중이야" 하고 답한다.

"성질부리는 거 아니라고!"

쓰기를 노려보며 여자아이가 소리쳤다.

"난 이런 날들에서 벗어나고 싶어! 어떻게든 해 보려고 발버둥 치고 있는 거라니까!"

관광객들로 북적대는 오후의 주차장에, 그녀의 절규가 맑게 울려 퍼졌다.

그녀의 이름은 시바 주에루. 쓰기의 여동생이며 나이는 열

여덟이다.

미야자키에서 고등학교를 졸업한 후 오빠들이 사는 모지항에 이사를 왔고 현재는 임시로 보험 회사의 사무직으로 일하고 있다. 왜 임시냐 하면, 아직 하고 싶은 일을 찾는 중이기 때문이란다.

"고등학교를 졸업한 지 벌써 반년이나 지났어. 졸업할 때도 목표가 없어 초조하긴 했지만 그래도 이 정도 시간이 지나면 분명히 목표가 생길 거라 믿었거든. 근데 여전히 하나도 모르겠다니까. 하루하루의 생활은 즐거워. 모지항 사람들도 다 친절하고, 딱히 문제 될 일도 없어. 하지만 그렇다고 다 괜찮다는 뜻은 아니잖아. 솔직히 나도 이런 내가 당황스러워. 친구들은 각자 다 하고 싶은 일이나 꿈을 찾아 열심히 사는데 나만 아무런 발전도 없는걸."

주에루와 잠시 시간을 보내 주지 않겠냐는 쓰기의 부탁에 장소를 카페로 옮긴 네 사람이 마주 앉아 이야기를 나누고 있다. 주에루는 앞에 놓인 아이스 카페오레를 한 모금 마시고는 어깨를 힘없이 늘어뜨렸다.

"애초에 내가 어떤 사람인지도 확실히 알 수 없으니, 지금은 자아를 찾는 여행이라도 해야 한다고."

듣는 역할에 충실하던 가오리가 알 것 같아… 하고 마음속으로 맞장구를 치며 고개를 끄덕였다. 가오리도 대학 시절 똑같은 고민을 한 적이 있었다. '무언가'가 되고 싶지만, 대체 무엇이 되면 좋을지, 무엇을 하고 싶은지 알 수 없어 초조하기만 했다. 사진을 포기할 때는 특히 심했다. 유일한 특기라고 생각했던 사진을 그만둔 자신은, 속이 텅 빈 껍데기와 다를 바가 없어 보였다. 이토록 평범한 내가 앞으로 어떻게 살아갈 수 있을까, 망연자실할 뿐이었다. 그때 곁에 미치오라는 존재가 있었고 그가 '아무것도 아닌' 있는 그대로의 모습을 인정해 줬기 때문에 그 초조함에서 벗어날 수 있었던 건지도 모른다.

"하아, 자아 찾기. 그래서 찾았어?"

믹스 주스를 마시던 다카라의 질문에 "찾았을 리가 없지"라고 답한 사람은 쓰기였다.

"자아 찾기 여행인지 뭔지, 내 여행길에 멋대로 따라붙었을 뿐이니까."

"내 여행길? 쓰기 씨는 무슨 목적으로 여행 중인데요?"

"오리지널 캐릭터의 아이디어를 얻기 위한 여행."

아이스커피를 시원하게 넘긴 쓰기가 의기양양한 표정으로 말했지만 다카라도, 가오리도 무슨 뜻인지 알아듣지 못해 "네?" 하고 입을 모아 물었다.

"무슨 말이에요?"

"텐더니스에서 오리지널 캐릭터를 모집 중이잖아. 대상에 선정된 캐릭터가 텐더니스의 얼굴로 사용되고, 아이디어를 낸 사람은 캐릭터가 새겨진 기념 메달을 받을 수 있다고."

다카라가 뭔가 떠오른 듯 "아, 그거 나도 본 적 있어!" 하고 답했다.

"우리 회사에도 저 포스터 붙어 있어요. 부상으로 5만 엔도 준다면서요. 뽑힌 사람은 좋겠다."

"난 메달이 갖고 싶어. 게다가 내가 고안한 캐릭터가 규슈 전역에서 활약한다니 뭔가 뿌듯하잖아. 만화 〈근육맨〉이 새로운 초인 캐릭터 아이디어를 모집했던 것처럼, 왠지 로망이 있달까."

후후, 쓰기가 신난 얼굴로 웃었다.

"텐더니스는 규슈에만 있는 체인이니까 역시 규슈의 특징을 살린 캐릭터가 좋겠다는 생각이 들어서 이런저런 명물 같은 걸 보면서 돌아다니는 중이야."

"그걸 그렇게까지 열심히 한다고?"

놀라는 다카라에게 쓰기가 "당연하지"라며 태연하게 대꾸했다.

"무슨 일이든 진심으로 하지 않으면 시시하잖아."

"그러니까, 진심으로 자아를 찾고 있는 나한테도 좀 협조하라고."

주에루가 끼어들자 쓰기가 "그래서 계속 같이 다녔잖아"라며 머리를 긁적였다.

"툴툴대기만 했으면서!"

"네가 온종일 똑같은 불평만 늘어놓으니까 그렇지. 귀에 딱지가 앉을 지경이라고."

"아니거든? 나름 다양한 버전으로 했거든!"

"다양한 버전은 무슨. 어차피 넌 내가 뭐라고 하든 듣지도 않잖아."

"그거야 그렇지. 쓰기 오빠 말은 곧이곧대로 받아들일 수가 없거든. 뭐든지 다 아는 척해서 짜증 난단 말이야."

"까불지 마라. 아직도 반항기냐?"

주에루는 오빠를 따라다니며 자기 안에 있는 초조함과 싸우고 있는 모양이었다. 주에루가 말하길, 뭐라도 하나 얻어서 돌아가고 싶단다. 하지만 그 '하나'를 아직 발견하지 못했다.

"너 모델 했었잖아. 그 일 계속하면 되지 않아?"

쓰기가 턱짓으로 주에루의 옷을 가리킨다. 어제 아소 지역을 지나왔는데 거기에서 우연히 주에루를 발견한 잡지사의 카메라맨이 모델이 되어 달라고 간청하는 바람에 촬영에 협조하게 됐단다. 지금 입고 있는 옷이 감사의 표시로 받은 촬영용 의상이라고.

"칭찬도 많이 받았고, 너도 싫어하는 것 같진 않던데. 본격적으로 시작해 봐도 괜찮지 않아?"

"안 돼. 노력이 많이 필요한 일이고, 보람도 있을 것 같고 즐겁기도 했지만 '무슨 일이 있어도 이것만은 해내고 말겠어'라는 마음은 들지 않았어. 결과적으로는 내 안에 있던 선택지 하나가 지워진 것 같아."

하아, 주에루가 한숨을 쉬었다.

자신의 아이스티 컵 속에 남은 얼음을 빨대로 쿡쿡 찌르던 가오리는 '이틀 동안 참 많은 일이 일어나는구나'라며 감탄 비슷한 느낌을 받고 있었다. 다누키무라를 보며 오열했던 것이 어제 아침의 일이라니 믿기지 않았다. 그때는 이 세상에 나 혼자만 외톨이가 된 것 같았는데, 그 괴로움의 진정한 원인을 알지 못했다.

"아아!"

자기도 모르게 큰 목소리를 내자, 다카라가 "왜?" 하고 묻는다. 주에루도 갸웃거리며 가오리를 바라본다.

"결국 '만남'밖에 없는 거 아닐까."

모두의 시선이 쏠린 탓에 살짝 두근거렸지만, 가오리는 다시 입을 열었다.

"주에루가 느끼는 초조함, 나도 대학교 때 느꼈었거든. 그걸 어떻게든 떨쳐 낸 계기가 남편과의 만남이었고. 어제도 너무 슬프고 괴로워서 세상에 혼자 남겨진 듯한 기분이었는데 다카라를 만나서 긍정적인 마음을 갖게 됐어. 나 예전에 사진을 정말 좋아했거든. 그런데 포기했고 다카라를 만나기 전까지는 사진을 좋아한다는 사실조차 잊고 있었는데 다시 한번 해 보고 싶은 마음이 생겼어. 심지어 지금은 남편이랑 싸웠다고 해야 하나, 부딪히고 있는 상황인데도 다카라랑 같이 있다 보니 좋은 쪽으로 생각하게 되더라고. 오늘 밤에 제대로 한번 대화해 볼 생각이야."

더듬더듬 말을 이어 가는 가오리를 주에루가 물끄러미 바라봤다. 긴장한 기색이었지만 가오리는 이야기를 계속했다.

"스스로 더 좋은 길을 모색하고 자신의 힘으로 발견할 수 있다면 그건 무척 훌륭한 일이라고 생각해. 나 역시 그걸 해내는 사람들을 동경하고. 하지만 모든 사람이 그렇지는 않잖아. 아무리 조급해하고 괴로워해도 그것만으론 아무것도 달라지지 않아. 자신에게 필요한 사람을 만나는 타이밍이 있고, 그 타이밍이 와야 시작할 수 있는 사람도 있는 것 같아. 적어도 나는 그렇거든. 그래서 말인데, 주에루도 꼭 만나야 할 사람을 아직 만나지 못한 걸지도 몰라."

"만나야 할 사람?"

"응. 깨달음이나 발견, 자신감을 일깨워 줄 사람. 아무리 초조해 해도 그 사람을 만나기 전에는 시작되지 않을지도."

말하는 동안 가오리는 확신했다. 나는 그랬다. 발버둥 치고 있을 때, 반드시 만났다.

방황하던 주에루의 시선이 창 너머의 움직임에 고정됐다. 즐겁게 오가는 사람들을 응시하며 "만나야 할 사람이라…" 하고 중얼거린다.

"정말 있을까?"

"있을 거야."

가오리가 답하기 전에 다카라가 말했다.

"나도 진심으로 가오리를 만나서 다행이라고 생각하고 있거든."

어? 깜짝 놀란 가오리가 옆에 앉은 다카라의 얼굴을 바라봤다. 다행이라고 느끼는 건 자기뿐일 거라고, 적어도 어제의 만남에 감사하는 사람은 자신이라고 생각했다.

"어제 가오리한테는 얘기했는데. 난 예전에 쓰기 씨한테 큰 도움을 받은 덕분에 우는 대신 차라리 화를 내자고 마음먹게 됐어. 그러면 부정적인 기분은 덜 들지만, 귀여운 구석이 없다는 말을 듣지. 위로 같은 건 안 해 줘도 된다고 안심해 버리더라. 하지만 그럴 리가 없잖아? 항상 아무도 없는 곳에서 혼자 '힘내라, 나!' 하고 스스로에게 말해. '이런 것쯤 아무것도 아니야!'라고 자신을 위로하면서. 하지만 사실은 외롭고 힘들거든."

다카라가 작게 미소 지었다.

"그런데 어제 내가 힘내려 애쓰는 모습을 가오리가 지켜봤고 몇 번이나 멋지다고 말해 줬어. 너무 기쁘더라. 열심히 노력하는 모습을 칭찬받으니까 '아, 내가 틀리진 않았구나'라는 생각이 들면서, 지금껏 내가 애써 온 것을 모두 인정받은 느낌이 들었어. 앞으로도 이런 나로 있자고 마음먹을 수 있었지. 엄청난 일이잖아. 가오리와 만나지 않았다면 지금쯤 난 힘내는 걸 포기했을지 몰라."

가오리는 그저 다카라를 바라보고 있을 수밖에 없었다. 다카라가 자신과의 만남을 그렇게 생각할 줄은 상상조차 하지 못했다.

"가오리, 만남이란 건 참 굉장해. 그렇지?"

다카라가 휙 고개를 돌려 가오리 쪽을 보고 웃자, 가오리의 눈에 눈물이 가득 차올랐다.

"고, 고마…워."

참 좋은 친구를 만났다. 그 사실이 너무 기뻐 감동하고 말았다. 다카라가 "그러지 마. 내가 울린 거 같잖아"라며 수줍은 듯 웃더니 "가오리는 눈물도 많지" 하고 테이블 위의 냅킨을 건네줬다.

"아냐, 평소에는 전혀 이러지 않는데 왠지 어제부터 눈물 댐이 무너져 버린 것 같아."

"에이, 아닌 거 같은데."

눈물을 닦으며 다카라와 마주 보고 웃는데 언제부터인가

팔짱을 낀 채 생각에 빠져 있던 주에루가 "그런 건가…" 하고 혼잣말을 흘렸다.

"그러고 보면 난 한 번도 사람과의 만남을 바란 적이 없던 것 같아."

고개를 번쩍 들었다.

"서로 이해하려는 노력도…. 쓰기 오빠나 밋츠 오빠 덕분에 주변 사람 모두가 항상 따뜻하게 대해 줬고. 그래서 그런 생각을 굳이 안 해도 됐다고 할까, 다들 알아서 모여드니까 애써 찾으러 다닐 필요가 없었지."

다카라가 워우, 하는 소리를 냈다.

"뭐야, 갑자기 엄청난 말을 해 버리네?"

가오리가 자신도 모르게 고개를 끄덕였다. 모두가 알아서 모여들다니, 그런 경험은 단 한 번도 없다.

"그렇구나…. 난 그냥 모두에게 어리광만 부리고 있던 거네."

"아, 그렇지. 주에루는 막내고, 우리가 응석받이로 키운 면도 없지 않은 데다가 굳이 따지자면 주변 사람들을 신경 쓰게 만드는 타입이니까."

고개를 끄덕이던 쓰기를 째려본 주에루가 "오빤 조용히 해!" 하고 쏘아붙이더니 두 사람에게 손을 뻗어 "고마워" 하고 말했다.

"난 뭔가, 꿈이나 목표가 신의 계시처럼 내려온다고 생각했던 것 같아. 솔직히, 다른 사람한테는 다 알려줘 놓고 나한테는 아무 말도 없다니 너무한 거 아냐! 하고 신한테 화를 내고 있었어. 치사하다면서. 그런데 내 사고방식 자체에 문제가 있었던 것 같아."

악수를 재촉하며 끌어온 두 사람의 손을 주에루가 꼭 잡았다.

"깨닫게 해 줘서 고마워!"

"너 뭐야. 왜 그런 말 처음 들은 사람처럼 감동하는데? 내가 너한테 그 얘기를 대체 몇 번이나 했냐…."

"설교 아저씨는 입 다물어!"

가차 없는 주에루의 일침에 쓰기가 "아저…"라며 말을 잇지 못했다. 다카라가 풉, 하고 웃음을 터뜨린다. 미처 분위기를 따라가지 못하던 가오리가 어리둥절하고 있는 사이 주에루가 "그래서 말인데…" 하고 두 사람 쪽으로 다시 몸을 돌렸다.

"두 사람의 얘기를 듣고 정신이 확 들었다고 할까, 시야가 좁았다는 걸 알게 됐어. 그리고 또 한 가지 깨달은 게 있는데 오늘 지금 여기야말로 새로운 만남 아니야? 그러니까 두 사람 다 내 친구가 돼 줘!"

"그러지 뭐."

다카라가 시원스럽게 답하고는 말을 이었다.

"재미있겠다, 너무 좋아! 모지항이랬나? 우리 집에서 엄청

가까우니까 같이 놀 수도 있고."

"어, 어어? 나도 같이 친구 해 줘."

가오리도 황급히 말을 꺼냈다. 주에루가 마치 꽃을 피우듯 싱그럽게 활짝 웃었다.

"신난다. 고마워. 그래, 이런 만남이 소중한 거였어. 쓰기 오빠, 나 집에 갈래!"

"진짜?"

설교 아저씨란 소리에 벌레 씹은 얼굴을 하고 있던 쓰기 역시 환한 표정을 지었다.

"아, 다행이다! 정말 고마워. 두 사람한테 진심으로 감사해!"

쓰기가 머리를 숙이자, 그런 오빠의 모습을 보던 주에루가 "하여튼, 기분 나쁘다니까" 하고 입술을 삐죽인다.

"네가 뭐라고 하든 상관없어! 아, 드디어 내 일에 전념할 수 있겠구나. 주에루가 있으니까 갑작스레 들어온 일을 받기도 그렇고 이래저래 곤란했거든."

"짜증 나. 나 그냥 모지항 안 갈래."

"무, 조, 건, 가!"

부쩍 밝아진 남매를 보며 가오리가 웃는다. 쓰기의 모습을 보자 친정 오빠가 떠올라 나도 연락해 봐야지, 하는 생각이 들었다.

"있지, 우리 이제 벳푸로 가서 스기노이 호텔에서 온천욕할 생각인데 주에루도 같이 갈래?"

다카라의 말에 쓰기가 "그건" 하고 제지하려는데 그보다 한발 앞서 주에루가 "우와, 엄청 재밌겠다!"라며 들뜬 소리를 냈다.

"안 그래도 구로가와랑 히라도에 갔었는데 맨날 혼자서만 온천에 들어가서 쓸쓸했거든. 셋이 같이 온천 가면 좋겠다!"

"잠깐, 주에루. 온천에서 모지항까지는 너무 멀어. 나 이제 피곤하다니까."

"피곤하니까 온천에 가는 거 아냐? 좋잖아. 그나저나 나도 벳푸 갈 때 두 사람이랑 같은 차 타면 안 돼? 같이 얘기하고 싶어!"

아무 걱정 없이 마냥 태평한 주에루에게 쓰기가 "어지간히 좀 해. 아니, 해 주세요. 예?" 하고 목소리를 높인다. 다카라가 "쓰기 씨, 오빠로는 영 별로네" 하고 한마디 거들자 쓰기가 "시끄러워"라며 얼굴을 찡그린다. 가오리는 그들의 모습을 보는 것만으로 웃음이 새어 나왔다. 아아, 너무 신난다. 즐겁고, 기뻐. 새로운 만남이 또 다른 새로움을 불러오고 있었다.

미치오는 가오리가 좋아하는 사과 타르트를 사서 집으로 돌아왔다. 힘없이 어깨를 늘어뜨린 채 안색을 살피며 "저기,

이거" 하고, 타르트를 내민다.

"오늘 내내 생각해 봤는데. 어제 내가 당신한테 너무 심한 말을 했어."

현관 앞에서 미치오가 "정말 미안해" 하고 고개를 숙였다.

"내 진심을 털어놓을게. 사실 난 당신이 나한테 의지하는 게 참 좋았어. 당신이 내 시선이 닿는 곳에서 건강하게 지내고 있다는 것에 멋대로 만족했던 것도 사실이야. 내 입으로 하는 말이지만 스스로도 알겠어. 이런 생각 너무 불쾌하지?"

더듬더듬 미치오가 고백한다.

"당신의 행복을 내 손으로 전부 마련해 주고 싶었어. 그런데 당신 맘대로… 아니, 맘대로란 표현은 틀렸다. 당신이 혼자 자기 힘으로 친구를 사귀었다고 하니까 약간의 질투라고 해야 하나, 그 비슷한 감정을 느꼈어. 그래서 부정해 버린 거야. 당신을 바보 취급한 거나 다름없지. 정말 미안해."

미치오가 다시 한번 고개를 깊이 숙였다가 "하지만" 하고 고개를 들었다.

"하지만, 변명이라고 생각해도 어쩔 수 없지만, 날이 갈수록 기운을 잃어 가는 당신이 걱정되기는 했었어. 어떻게든 원래의 밝은 모습으로 돌아와 주면 좋겠다고 생각했고. 이건 진심이야. 그래서 이번 주말에 깜짝 파티를 해 주려고 장인, 장모님께 놀러 와 주십사 부탁을 드려 놨었어."

이거, 하고 연이어 건넨 것은 여행 회사의 봉투였다. 안을 들여다보니 구로가와 온천의 유명 숙소 숙박권이 들어 있었다. 부모님과 가오리, 세 명분이었다. 렌터카 예약까지 모두 끝내 놓은 상태였다.

"향수병이 아닐까 해서. 가오리네 식구들끼리 규슈에서 좋은 시간을 보내고 추억을 만들면 분명 나아질 거라고 생각했거든…. 그런데 파티를 하기도 전에 울리고 말았네…."

한껏 작아진 모습으로 거듭 사과하는 미치오를 가오리가 끌어안았다. 팔을 둘러 꾹 껴안는다.

"미안해, 미치오."

자기보다 큰 미치오를 끌어안으며 가오리가 입을 열었다.

"미안해. 미치오에게 사랑받고 싶어서, 당신을 기쁘게 하려는 마음에 무의식적으로 참아 왔었나 봐. 나, 좀 더 밖으로 나가 보고 싶어. 직장을 다녀도 좋을 것 같아. 집 안에만 틀어박혀 있기보단 밖에서 많은 사람을 만나고 싶어. 사진도 다시 시작할까 해. 미치오한테 소홀하겠다는 말이 아냐. 앞으로도 당신이랑 함께하고 싶어."

최선을 다해 진심을 전하자 미치오가 "응" 하고 고개를 끄덕였다. 나도 그래. 구속해서 미안. 그 말에 가오리도 미안하다고 답한다. 나도 내가 좋아서 한 일이었어. 그게 힘들었다는 걸 이제야 깨달아서 미안해.

두 사람은 현관 앞에 선 채, 오랫동안 미안하다는 말을 주고받았다.

*

그로부터 한 달 후, 가오리와 미치오는 모지항을 향해 길을 나섰다. 선명한 붉은색 단풍이 푸른빛 바다에 비치는 계절. 벳푸와는 조금 다른 바다 내음이 풍겼다. 카메라를 손에 든 가오리의 마음이 두근거린다. 친구와 오랜만에 만날 수 있어 기쁘다.

다가올 날들에 대한 기대에 마음이 설렌다.

미치오가 운전하는 차가 가오리를 태운 채, 수면이 반짝이는 해변을 달렸다.

3

꽃에, 폭풍

전날부터 폭풍같이 강렬한 바람이 불었다. 지금 생각해 보면 곧 닥쳐 올 문제의 전조였던 것 같지만, 그 사실을 알 턱 없는 당시의 히로세 다로는 덜컹덜컹 격렬히 흔들리는 창문을 바라보며 “허술하게 지은 아파트라니까” 하고 태평한 반응을 보일 뿐이었다.

다음 날은 바람이 거셀 뿐, 환한 날씨였다. 모지항역에서 출발한 다로는 핸드 메이드 작품 판매 행사가 열리는 모지항 레트로 전망대에 도착했다. ‘친구의 연인의 친구’라는 가깝다면 가깝고 멀다면 먼 관계의 지인이 판매자로 참가한다면서 꼭 와서 매출에 도움을 달라는 친구의 간곡한 부탁이 있었기 때문이다. 아르바이트를 쉬는 날이기도 해서 가벼운 마음으로 알겠다고 했는데 막상 가서 보니 지인이 팔고 있는 건 직접 만든 헤어 액세서리였다. 형형색색의 스크런치, 반짝이는 비즈가 달린 머리핀 등이 줄지어 놓인 모습을 본 히로세 다로는 얼결에 웃고 말았다.

"난 여자 친구도 없고, 머리도 이 모양인데?"

쓰윽 문지른 것은 이제는 거의 트레이드 마크가 된 빡빡머리였다. 다로를 이곳에 부른 친구, 고가 미치아키가 풉 하고 웃더니 "이거 참, 미안하게 됐다" 하고 연신 고개를 숙였다.

"뭘 만드는지까진 확인을 못 했네."

"확인 좀 하지 그랬냐."

정말이지 자신에게는 아무 쓸모도 없는 물건들이다. 쓴웃음을 짓자 고가의 여자 친구인 사카구치 메이코도 "미안!" 하고 두 손을 모아 사과했다.

"아니, 뭐 딱히 상관은 없어. 덕분에 처음으로 이런 이벤트에 와 보네."

쓰윽 주변을 둘러봤다. 모지항에서는 자주 이런저런 이벤트가 열린다. 푸드 트럭이 모여들어 맛있는 냄새를 풍기고, 손님을 부르며 헐값에 바나나를 파는 모지항 특유의 행사가 진행되기도 한다. 많은 이들이 그런 이벤트를 즐기는 모습을 매번 목격해 왔지만, 희한하게도 직접 발을 들여 본 적은 한 번도 없었다.

"축제 같아서 좀 신나는데?"

"그렇죠? 왠지 들뜨지 않아요? 저도 여기에 오면 취미가 비슷한 사람들이랑 만날 수 있어서 열심히 참가하게 돼요."

물건을 판매 중인 친구의 지인이 신이 나서 말한다. 굳이 다로가 매출에 도움을 주지 않더라도, 그녀의 작품들은 하나같이 귀여워 인기가 좋아 보였다. 다로가 보는 사이에도 여자 손님 여러 명이 물건을 사 갔다. 여자 친구가 조르자, 고가도 떠밀리듯 파란색 머리핀을 샀다.

"다로, 꼭 여자 친구가 아니더라도 선물해 주고 싶은 사람 없어?"

가고의 질문에 "어?" 하고 고개를 갸웃거렸다.

"없어, 그런 사람."

"한 명이라도 있을 거 아냐."

무조건 있을 거야! 근거도 없이 강하게 밀어붙이는 말에 다로는 "선물할 사람이라" 하고 고가의 옆에서 웃고 있는 사카구치를 바라본다.

방금 고가에게 받은 머리핀을 꽂은 채 기뻐하고 있는 모습을 보자 문득 한 아이의 얼굴이 떠올랐다.

"아, 뭐어, 그럼 하나만 사 볼까."

머리를 긁적이며 하는 말에 고가가 "어! 뭐야, 관심 있는 사람이 있는 거야?"라며 눈을 휘둥그레 뜬다.

"무조건 있을 거라고 한 사람은 너잖아. 뭘 놀라고 그래."

"아니 뭐 그렇긴 하지만. 누구든 응원할 테니까 당장 털어놔. 드디어 다로도 새 연애를 시작할 마음을 먹었구나. 이야,

축하한다!"

"시끄러워. 그런 거 아냐."

그런 게 아니다. 그냥 모처럼 예쁜 머릿결을 가지고도 늘 검정 고무줄로 질끈 묶거나, 길게 늘어뜨리고만 있는 한 아이가 떠올랐을 뿐이다. 게다가 오하기나 과자 선물도 자주 받았으니, 답례라고나 할까. 이런저런 이유를 입안에서 웅얼거리는 다로에게 고가가 "알았어, 알았어" 하고 멋대로 수긍하는 표정을 지었다.

"일단 지금은 아무 말 않고 지켜볼게. 잘되면 말해. 내가 애들이랑 성대하게 축하해 줄 테니까."

"아아, 시끄럽다니까. 저기, 저 빨간 걸로 주세요. 거기 그, 네, 반짝이는 스톤 달린 거."

천연석이 들어간 머리핀을 포장해 달라고 한 다로는 그것을 받아 자신의 메신저백에 집어넣었다. 그 손짓이 조금 난폭했던 이유는 두 사람이 히죽거리고 있는 것이 느껴졌기 때문이다.

"뭐야, 그 표정은!"

버럭 소리를 지르자 "그냥, 다로의 행운을 빌고 있는 거야"라며 한층 더 히죽댄다. 아, 그랬지, 이 친구들은 어찌 된 영문인지 "다로에게 여자 친구가 없다니 너무 아까워"라며 아쉬워하곤 했었다.

"시끄러워, 시끄럽다고."

괜스레 짜증이 나서 "난, 알바하는 데 들렀다가 집에나 갈래"라고 말했다.

"다음 달 스케줄 표 나왔다니까 확인하러 가야지."

거짓말이다. 스케줄은 이미 사흘 전에 확인했다. 아무튼 다로는 알 수 없는 짜증에 도망치듯 그곳을 떠났다. 두 사람은 아랑곳하지 않고 "행복해야 해!"라며 손을 흔들었다.

"빌어먹을."

인파 속을 걸으며 다로는 작게 혀를 찼다. 사지 말 걸 그랬나. 아니지, 팔아 주러 가 놓고 아무것도 안 사면 예의가 아니잖아. 내가 뭐 특별한 물건을 산 것도 아니고. 그냥 소소한 감사 표시일 뿐인데.

"아아, 이런 빌어먹을!"

아까부터 변명만 늘어놓고 있다는 사실을 깨달은 다로가 다시 한번 혀를 찼다. 그러더니 우뚝 멈춰 선다.

내가 그 애를 좋아하는 건가?

요즘 들어 종종 드는 생각이었다. 어떤 계기에서인지 의식하게 됐고, 초조함에 스스로를 다잡고 있던 터였다.

쿵, 등에 부드러운 충격이 느껴져 돌아보자, 초등학생 정도의 남자아이가 보였다. "죄송합니다"라고 말하더니 뛰어간다. 앞쪽에 남녀가 어우러진 무리가 보인다. 예쁜 옷을 입은 여자

아이가 “얼른 와!” 하고 천진한 표정으로 손을 흔들고 있다.

저 나이대에는 ‘좋아해’가 참 알기 쉬운 거였는데.

무리 속에 섞여 들어가는 뒷모습을 보며 생각한다. 성장할수록 점점 더 알기 어려워진다. ‘좋아해’라는 말로 누군가와 이어져 함께한다는 건 사실 무척 어려운 일 아닐까? ‘좋아해’로 시작해 함께 ‘행복’을 누리는 것은 더더욱 어렵지 않나? 이런 생각을 하면 마음이 부쩍 무거워진다.

얼마 전, 고등학교 시절부터 이어진 연애에 나름의 종지부를 찍은 영향도 있을 것이다. ‘깔끔하다’고는 할 수 없던 이별 이후, 전 여자 친구인 쓰바키 시게코는 고향으로 돌아갔다.

“원래 다로짱과 조금이라도 더 같이 있고 싶어서 시모노세키에 왔던 거니까. 특별한 목표가 있어서 온 게 아니잖아. 부모님도 이제 그만 돌아오래.”

아파트에 인사하러 들른 시게코가 개운한 표정으로 말했다. 하지만 바이바이, 하고 사라지는 뒷모습이 유난히 쓸쓸해 보여 이미 끝난 사랑임에도, 그녀를 쫓아갈 뻔했다. 안 돼, 쫓아가면 안 돼. 필사적으로 참아 낸 후에는 자기혐오가 밀려왔다. 나와 사귀지 않았더라면 시게코는 시모노세키에 오지 않았을 텐데, 어쩌면 내가 시게코의 인생을 헤집어 놓은 걸지도 몰라. 나를 만나지 않았다면 시게코가 더 행복하지 않았을까.

"그런 의미 없는 가정을 해 봤자 아무 소용도 없어. 애초에 다로가 쓰바키를 억지로 끌고 온 것도 아니고. 본인 의지였잖아?"

방금 만났던 고가가 한 말이었다. 물론, 알고 있다. 분명 시게코도 그렇게 말할 것이다. 하지만 아무리 그래도 '그것도 맞는 말이지' 하고 쉽게 넘겨 버리지 못하는 자신이 있었다. 답답함과 자기혐오가 밀려와 이제 연애 같은 건 하지 않는 편이 나을지도 모른다는 생각이 든다. 이런 고민에 허우적대는 내게 연애는 너무 큰 부담이다. 시작하지 않는 것이 제일이다.

그런데도 시바 주에루에게 신경이 쓰인다. 아니, 쓰이는 것도 같다. 주에루는 좋은 아이라고 생각한다. 솔직하고 밝고, 순수하다. 어째서인지 나를 잘 따른다. 처음에는 콤플렉스 때문에 그 호의를 있는 그대로 받아들이기 어려웠지만 지금은 어느 정도 받아들일 수 있게 되었다. 가끔 적대심을 드러내는 주에루의 팬들 때문에 지치기는 하지만 그 애의 잘못도 아니고, 그런 아이가 자신의 '좋은 점'을 발견해 줬다는 사실이 오히려 기쁠 때도 있다. 고맙게 생각한다. 주에루에게 더 좋은 사람이 되고 싶은 마음에 자신도 모르게 그 애의 시선을 의식하게 된다.

이런 것이 좋아하는 마음일까?

잘 모르겠다. 여태껏 이런 호의를 받아 본 적이 없으니 신경 쓰이는 것도 당연하지, 싶은 생각도 든다.

"다로 넌 말이야, 희한한 데서 완고한 구석이 있어. 좀 더 쉽게 생각해도 될 텐데."

또 다른 친구가 했던 말이 떠오른다. 쉽고 어렵고의 문제가 아니라, 이해가 부족한 상태로 어떤 행동을 해서 누군가에게 상처 주고 싶지 않을 뿐이다. 이렇게 답하자 "이봐, 또 어렵게 생각하잖아"라며 어이없어했었지.

쉽게 생각하는 것과 어렵게 생각하는 것의 기준은 알 수 없지만 연애 같은 건 좀 어려워도 되지 않나? 신중한 게 좋은 거 아냐?

"하아. 좋아하네, 마네, 진짜 귀찮다."

무심코 투덜대고 말았다. 정말이지 귀찮다니까.

고민하며 걷다 보니 어느새 아르바이트하는 텐더니스 모지항 고가네무라점에 도착해 있었다. 얼마 전 공개된 '텐더니스 오리지널 캐릭터 대 모집!' 캠페인의 배너가 펄럭인다. 사람들이 이런 캠페인에 관심이나 있을까요, 라며 시큰둥했는데 의외로 해외에서까지 응모하는 사람이 있다고 한다. 가게의 단골 중 한 명이자, 다로가 동경하는 대상인 쓰기는 "캐릭터를 위한 영감을 얻어야겠어"라고 말한 뒤 여행길에 올라 규슈를 떠돌고 있는데 아직도 돌아오지 않았다. 조금 전까지 다로가 떠올리던 주에루도 무슨 연유에서인지 오빠를 따라 나섰다.

마주치지 않으니까 평화롭고 좋네.

마음 한구석에서 안도하고 있는데 뒤에서 누군가가 "저기" 하며 말을 걸었다. 돌아보니 후드를 깊숙이 눌러쓴 남자가 서 있었는데, 가느다란 선의 외모를 확인한 다로가 "아아" 하고 소리를 흘렸다.

"또 왔네요, 사이바라 씨."

"또, 라고 하지 마."

후드에 가려졌던 얼굴을 슬쩍 내밀고는 아래 눈꺼풀을 내려 메롱 하는 표정을 지은 사람은 규슈를 중심으로 활동하는 남성 아이돌 유닛 Q-wick의 멤버, 사이바라 아루였다. 사이바라는 어떻게 된 연유인지 점장 시바 미쓰히코의 팬이 되어 최근 틈만 나면 가게에 얼굴을 내밀었다.

"요 며칠 안 왔었거든? 엄청 바빴다고."

"그랬나. 지난주에도 두 번은 본 것 같은데."

"그래서 뭐."

예쁜 눈썹을 찌푸린 사이바라를, 다로는 희귀한 생명체를 관찰하는 표정으로 바라봤다. 남녀노소를 불문하고 사람들을 매료시키는 능력을 지닌 시바였지만 설마 매료시키는 일이 직업인 사람까지 휘감아 버릴 줄이야.

"이 정도면 거의 저주 수준이네."

"뭐? 나를 스토커 취급하는 거야? 그런 거 아니란 말이야. 시바 씨한테 폐를 끼칠 만한 행동은 안 해. 그런 쪽의 매너는 누구보다도 잘 알고 있다고."

"아, 그런 뜻은 아니에요. 그나저나, 점장님 오늘 쉬는 날인데."

지나가듯 쓱 던진 말에 사이바라가 "말도 안 돼!" 하고 비통한 목소리를 냈다.

"일부러 보러 왔는데! 정말로? 내일은?"

"모르죠. 뭐랬더라, 젊은 여자 귀신이 씌어서 제령사를 만나고 온다나."

"어? 뭐야, 그 어설프기 짝이 없는 헛소리는. 장난치지 말라고."

"역시 장난이겠죠? 저도 그렇게 생각해요."

이틀 전의 일이었다. 출근한 시바의 얼굴이 보기 드물게 퀭했다. 평소에 곧게 펴져 있던 등은 무거운 짐을 진 사람처럼 구부정했고, 안색도 좋지 않았다. 어찌 된 일인지 늪과 같은 냄새를 풍기고 있었다. "무슨 일이세요!" 파트타임 직원인 나카오 미쓰리가 깜짝 놀라 소리치자 시바는 불안정한 호흡으로 "어제 만난 아가씨가 데이트하던 도중에 홀연히 사라져 버린 후로 몸이 너무 무거워요"라고 답했다.

"이곳을 떠나야 하니 마지막으로 추억을 만들고 싶다고 하길래 그런 이유라면 같이 있어 주겠다고 했거든요. 좋은 추억을 품고 떠났으면 해서. 그래서 꼬박 하루를 같이 보냈는데 새벽이 되니까 헤어지기 싫다고 하더라고요."

나랑 같이 가요. 그건 안 돼요. 이런 말을 몇 번이나 주고받다가, 그녀가 "알았어요" 하고 고개를 끄덕이더니 "그럼, 이 방법밖에 없네" 하고 중얼거리고는 돌연 모습을 감췄다고 한다.

"뭐야? 시바 씨가 정말로 귀신한테 홀렸다는 거야?"

"팬클럽 회원 중에 제령사 비서로 일한 경력이 있는 분이 계시는데, 그분 말로는 완전 제대로 씐 모양이에요. 그분 소개로 지금 아키타에 가 있대요."

다로는 이틀 전의 난리를 떠올리며 한숨을 쉬었다.

그야말로 패닉이었다. 지구에 종말이 닥치면 이런 꼴이겠지, 싶을 정도의 소동이었다. 빨리 떼어 놓아야 한다고 울부짖는 사람도 있었고, 귀신 주제에 뻔뻔하다며 화를 내는 사람도 있었다. 사랑의 힘으로 구하겠다며 호언장담하는 무리까지 뒤섞여 당장이라도 싸움판이 벌어질 듯한 분위기였다가 밋짱을 구원하는 모임을 결성하는가 싶더니, 신사와 불당 중 어디의 도움을 받을지를 두고 옥신각신하기도 했다.

혼란스러운 와중에도 시바의 초췌함은 점차 심해져 딱히

진의를 의심하지는 않았으나, 한편으로는 다른 생각이 부풀어 올랐다. 아무리 가리지 않고 유혹한다지만, 적어도 살아 있는 사람을 대상으로 해야 할 거 아냐.

그러니 캠핑카를 빌린 회원들이 시바를 태우고 아키타로 떠났을 때, 내심 안도해 버린 것은 어쩔 수 없는 노릇이었다.

"쉽게 믿기지 않는 일이니 믿어 주지 않아도 어쩔 수 없지만요. 그런 건 직접 보지 않고는 받아들이기 어려… 아니, 왜 이렇게 흥분하는데요?"

사이바라의 얼굴이 상기되어 있었다. 흥분했을 때의 버릇인지 콧구멍이 경련을 일으키듯 실룩대고 있었다.

"세상에… 이럴 수가! 혹시 그런 거 아닐까 생각했는데, 역시나 알프레드 님의 환생이 맞았어! 알프레드 님도 정령들의 사랑을 받았단 말이야. 홍안의 미소년 피만 마시는 악귀 공주도 알프레드 님 앞에서는 순한 고양이처럼 굴었다고! 끼야! 굉장해!"

흥분한 사이바라가 사투리를 섞어 가며 신이 나서 떠들기 시작하더니 "아, 그런데 시바 씨 괜찮으려나. 이럴 땐 역시 절에서 태어난 T씨라도 불러야 하는 거 아냐? 아니면 아키타에 T씨가 있는 건가?"라며 알아듣지 못할 질문을 던졌다. "모르겠는데요" 하고 답한 다로는 이 가게에는 이상한 단골만 늘어 가는구나 하고 감탄 섞인 체념을 했다. 미남, 미녀는 물론이고, 아이돌까지 드나든다. 제령사의 전 비서라는 특이한 이력을 가진 손님이 섞여 있기도 하고, 아마 내가 알지 못할 뿐 더 대단한 사람도 있을지 모른다.

"오컬트 이야기는 나중에 들으면 되지만…. 하아, 시바 씨가 없다니. 안타깝고도, 분하다."

진심으로 슬프다는 듯 한숨을 쉰 사이바라가 "아, 맞다" 하고 고개를 든다.

"쓰기 씨, 쓰기 씨도 안 오려나?"

"그분도 지금은 없어요. 저걸 찾는 여행을 떠났거든요."

가게 앞에서 펄럭이는 배너를 가리키며 말하자 "저게 뭔데" 하고 고개를 갸웃거린다. 간단히 설명해 주자 사이바라는 "뭐야, 귀엽게!" 하고 소리치더니 "그나저나 말! 도! 안! 돼!"라고 과장된 액션을 하며 발을 동동 구른다. 그러더니 "다 끝났어" 하고 무릎을 꿇었다.

"쓰기 씨도 없다니…. 모지항은 끝이야."

"모지항을 그 두 사람이 이끄는 것도 아니고, 아무 문제 없거든요? 그보다, 가게에서 이렇게 소란을 피우다간 사람들 눈에 띌 거예요."

스스로 나서서 시선을 끄는 행동을 하다니, 도대체 아이돌이라는 자각이 있긴 한 건가. 화들짝 놀란 사이바라가 주위를 힐끗힐끗 둘러보더니 후드를 푹 뒤집어쓰고 얼굴을 감춘다. 그러고는 "아아, 내가 타이밍을 잘못 잡았네" 하고 고개를 떨궜다.

"덕분에 가게는 평화롭습니다만. 그럼, 저는 이쯤에서 실례할게요."

긴 시간 상대하기는 버거워서 한 손을 쓱 올려 인사하고 가게 안으로 들어가려던 찰나, 사이바라가 "잠깐 기다려" 하고 다로의 옷자락을 붙잡았다.

"나 심심하단 말이야. 잠깐 놀아 줘."

"귀찮아서요. 죄송합니다."

"그런 말을 대놓고 한다니! 그냥 시바 씨랑 쓰기 씨 정보 중에 아는 거 있으면 살짝만 들려 달라니까? 그래, 내가 텐더니스에서 새로 나온 바나나 프로즌 셰이크 사 줄게. 프로즌 셰이크에 과일 토핑을 따로 사서 올리면 고급 디저트 같고 진짜 맛있어. 요거트랑 섞어도 맛있고. 어떤 걸로 사 줄까, 어?"

"바나나 알레르기가 있어서요. 됐습니다."

"아, 좀! 영혼 없는 로봇처럼 말하지 말라고!"

이 사람, 정말 자각이 없네.

꺄아, 꺄아 아우성치는 사이바라를 끌고 가게 안으로 들어가자, 계산대 안쪽에 있던 나카오가 "어서 오세… 으아!" 하고 비명을 질렀다.

"아아아아아, 아루 군? 그리고 히로세 군."

"덤처럼 갖다 붙이지 말아 줄래요? 어쩌다 앞에서 만나는 바람에."

지긋지긋해하는 다로 옆에서 사이바라가 "안녕하세요!"라며 웃는다.

"저기, 시바 씨한테 귀신이 씌어서 T씨를 만나러 갔다는 게 사실이에요?"

"어! 아, 그, 네! 이름이 타와라야인가 그랬으니까, 그러고 보면 T씨가 맞네요."

사이바라와만 얽히면, 평소에는 일을 척척 해내던 나카오가 버그를 일으킨다. 우물쭈물 말을 이어 가는가 싶더니 부끄러움 타는 소녀처럼 몸을 배배 꼬면서 "아이참, 아이, 정말…. 맨날 갑자기 나타난다니까. 미리 연락이라도 주면 좋을 텐데"라며 다 들릴 만한 큰 소리로 혼잣말을 했다.

"봐요. 진짜 없죠? 그러니까 포기하고 얼른 가세요."

"아니, 아까부터 왜 날 민폐 취급하고 그래?"

뿌우, 입술을 삐죽거리는 사이바라였지만 집요한 성격은 아닌 모양이다. 휙 손을 뿌리치더니 "시시해" 하고 가게 안을 둘러본다.

"바나나 프로즌 셰이크라도 사 갈 거야!"

"그러세요."

한숨 섞인 목소리로 대꾸한 다로가 밖으로 시선을 돌렸다.

9월의 모지항에는 아직 여름의 흔적이 남아 있었다. 오후의 햇빛은 강렬했고 야구 모자를 쓴 소년들이 자전거를 타고 지나갔다. 그들을 스쳐 간 짙은 감색의 BMW 미니가 주차장으로 미끄러지듯 들어왔다. 가로수 사이로 쏟아진 햇빛이 마치 수면처럼 자동차 위를 흐른다.

"아."

무심코 차를 바라보던 다로는 거기에서 내리는 사람을 확인하고 목소리를 높였다. 여릿한 몸에 빨간색과 검은색의 대비가 선명한 긴 원피스를 걸친 여성은 7월에 한 번 방문했던 손님이었다. 턱선 길이로 깔끔하게 자른 머리칼은 윤기가 흐르는 흑발이다. 뚜렷한 빨간색과 검은색 덕에 새하얀 피부가 더욱 돋보였다.

"그때 그…!"

어째서인지 눈을 뗄 수 없는 요염한 분위기를 풍기는 사람이었다. 하지만 그래서 기억하는 것은 아니다. 당시 주에루가 했던 말이 너무나 강렬해서 잊을 수가 없었다.

"저 사람 때문에… 쓰기 오빠는 좋아하는 사람을 잃었어요."

그 이야기를 들었을 때 그곳에 있던 다로도, 나카오도 숨을 죽이고 입을 다물 수밖에 없었다.

분명 이곳에 다시 나타날 것이라고 생각했지만, 설마 지금이 타이밍일 줄은.

"뭐야, 저런 타입 좋아해?"

우뚝 멈춰 서 있던 다로를 본 사이바라가 말을 걸었다.

"흐음, 근데 저 사람 되게 예쁘다. 빨갛고 화려하게 핀 피안화의 화신 같은 느낌이네. 《고블린 가문》에도 비슷한 캐릭터가 있어. 황무지의 마녀라고 불리는 사막 나라의 공주. 엄청나게 잔혹한 사람인데 알프레드 님의 형인 고르비스 전하에게 반하거든. 그 이후의 전개가 거의 신 내린 수준으로 재미있어. 반전 매력이 끝내준다니까."

"죄송한데, 지금 그런 얘기 들을 여유 없거든요."

서둘러 계산대로 간 다로가 사이바라의 등장에 넋이 나가 있는 나카오에게 "위험할지도 모르겠는데요"라고 귓속말을 했다.

"7월에 왔던 사람이요, 주에루짱이 의미심장한 얘기를 했던 그 수수께끼의 여성이 나타났어요."

해롱해롱했던 나카오의 얼굴이 단번에 원래의 모습을 되찾았다.

"뭐? 아, 근데 오늘은."

"네, 시바 형제 둘 다 없는 날이죠."

"왜 하필 이럴 때!"

고민에 빠진 듯 미간을 찌푸리던 나카오가 말했다.

"일단은, 코드 B로 가자."

텐더니스 모지항 고가네무라점에는 시바의 팬들에게 대처하기 위한 코드가 있다. A부터 Z까지 있는데 그중 B는 "점장님은 현재 휴가 중이라 전혀 연락이 안 되는 상황이에요"다. 긴급 상황이니 당장 연락해 줘, 라고 귀찮게… 아니, 강력하게 요청하는 손님이 간혹 있기 때문이다. 그녀와 쓰기 사이에 무슨 일이 있었는지는 알 수 없다. 그저 주에루가 그녀에게 강렬한 혐오감을 드러냈고, 그 손님이 돌아간 후 소금을 뿌리며 "만약 저 사람이 또 나타나면 절대 쓰기 오빠, 밋츠 오빠와 만나게 두지 마세요! 시바 가족과 얽히면 안 되는 사람이니까 쫓아내 버려!"라고 말했던 것이 기억났다. 절대로 만나게 하면 안 돼. 그 사람은 또다시 쓰기 오빠한테 상처를 줄지도 모른다고!

시바도, 쓰기도, 주에루도 없는 지금, 괜한 말은 하지 않는 게 낫다. 우선은 아무것도 모르는 척 적당히 둘러대 되돌려 보내자. 두 사람이 머리를 맞대고 있는 사이 손님의 방문을 알리는 벨 소리가 울렸다. 천천히 그녀가 들어온다.

"어서 오세요."

평소처럼 미소 짓는 나카오의 옆에 있던 다로는 슬그머니 과자 코너로 이동했다. 여성은 가게 안을 둘러보지도 않고 곧바로 나카오에게 향했다.

"안녕하세요. 저, 간자키 하나(하나華는 일본어로 꽃이라는 뜻이다—옮긴이)라고 하는데요, 시바 미쓰히코 씨가 여기에서 일한다고 들어서요. 좀 불러 주실 수 있나요?"

다로가 있는 위치에서는 간자키의 옆얼굴이 정면으로 보였다. 마치 클레임을 걸러 온 손님처럼 굳은 표정을 하고 있었고, 말투도 딱딱했다. 화가 난 듯한 간자키에게 나카오는 영업용 미소를 지우지 않은 채 "죄송합니다" 하고 답했다.

"점장님은 현재 휴가 중이에요. 휴가 기간에는 업무용 휴대폰을 두고 가시기 때문에 연락이 되지 않습니다."

"휴가?"

간자키의 표정에서 순간 힘이 빠졌다.

"아, 그렇구나. 없구나."

간자키가 손바닥을 뺨에 갖다 댔다. 그러고 후우, 한숨을 쉬었다.

"그렇구나, 이럴 줄은 몰랐는데, 곤란하네. 그럼, 에루짱… 주에루짱이랑은 연락이 될까요? 전에 여기서 만난 적 있는데. 왜, 그때 같이 있었잖아요. 에루짱이랑 사이 좋게 대화하던데."

으앗! 나카오가 얼빠진 목소리를 냈다. 전에 딱 한 번 봤을 뿐인 데다가 간자키와 직접 대화를 한 적도 없는데 기억하고 있다니.

"어머, 제가 놀라게 했나 보네요. 사람 얼굴 기억하는 게 제 특기라서요. 한 번 본 사람은 안 까먹어요. 그때 에루짱이랑 같이 있던 사람 당신이랑, 저기 저 분이죠?"

간자키가 다로 쪽으로 몸을 휙 돌리더니 미소를 지었다. 과자를 고르는 척하던 다로가 "으어!" 하고 우스꽝스럽게 소리쳤다. 말도 안 돼, 기억력이 그렇게 좋다고?

"아, 그렇다고 스치는 사람을 다 기억하는 건 아닌데 그때는 특별한 상황이었으니까. 에루짱이랑 친하게 지내는 분들 같아서 기억하고 있는 거예요."

후후, 간자키가 재미있다는 듯 웃었다. 그러더니 "에루짱이랑 연락 안 되려나?" 하고 다로를 떠본다.

"아… 저, 모르는, 데요."

"그렇구나. 그럼, 그쪽 분은요?"

이번에는 나카오에게 물었고 나카오 역시 "전혀, 전혀 몰라요!" 하고 고개를 가로저었다. 동요하는 다로와 나카오를 번갈아 보던 간자키가 "아아" 하고 한숨을 내쉬었다.

"거짓말하라고 했구나. 분명 에루짱은 절 희대의 악녀라고 했겠죠. 뭐, 상관없어요. 그래도 전 꼭 시바 형제랑 연락해야 겠거든요. 어떻게 안 될까요?"

"뭐야, 뭐야. 시바 씨 얘기하는 거예요? 팬들끼리의 대화라면 나도 끼워 줘요!"

존재를 잊고 있던 사이바라가 툭 튀어나왔다. 아아! 지금은 당신이 나설 때가 아니라고! 귀찮은 일만 늘잖아! 다로는 남자의 천진한 얼굴을 째려보았지만 정작 사이바라는 눈치 채지 못한 모양이다. "예쁜 누님, 누님도 시바 씨 팬이예요?" 라며 태평하게 말을 걸고 있다.

"시바… 아, 미쓰히코 군을 말하는 건가? 아쉽게도 난 팬은 아니에요. 무척 좋은 사람이고 멋지다고 생각하지만, 나는 형 쪽."

"우아와, 우!"

간자키의 말을 가로막으려는 듯 나카오가 이상한 소리를 냈다. 누가 봐도 뭔가를 호소하는 눈빛이라, 다로는 쓰기가 사이바라에게 시바의 형이라는 사실을 숨기고 있음을 기억해 냈다.

"저기! 히로세 군! 미안하지만 취식 코너에서 얘기하는 게 어때? 다른 손님들이 불편하실 수 있으니까!"

나카오가 다급히 말했으나 시바가 없는 지금, 손님은 한 명도 보이지 않았다. 또 한 명의 스태프, 다카기가 안쪽에서 음료를 보충하는 소리가 희미하게 들릴 뿐이었다. 순간, 기묘한 공기가 맴돌았지만 다로는 "그렇네요. 알겠습니다. 저쪽으로 가시죠, 저쪽" 하고 간자키와 사이바라를 떠밀었다. 빌어먹을, 이 미치도록 귀찮은 상황을 나 혼자서 처리하라고? 말이 돼? 나카오 씨, 두고두고 원망할 거예요! 힐끗 곁눈질해 보니 나카오가 계산대 안쪽에서 두 손을 모은 채 다로에게 고개를 숙이고 있었다.

"어머, 어디선가 본 것 같더라니 Q-wick의 사이바라 아루 군 맞죠?"

어찌어찌 취식 코너로 자리를 옮기자 간자키가 놀란 표정으로 물었다.

"역시 맞구나. 우리 회사 직원이 엄청난 팬이거든요. 혹시 사인해 줄 수 있어요?"

가방 안에서 수첩과 펜을 꺼낸 간자키에게 사이바라가 "어, 정말요? 진짜 제 팬이라고요? 다른 멤버 팬이 아니라?"라며 환한 표정을 짓는다.

"네, 아루 군 팬 맞아요. 노래하는 목소리가 제일 맑고, 항상 열심히 배우는 모습이 좋다던데요."

"와, 기쁘네요! 감사합니다!"

사이바라가 환하게 웃으며 수첩에 사인을 했다. 간자키 또한 "미나코짱에게, 라고 써 줄 수 있어요? 아름다울 미, 거기에다 나라의 아이라는 한자로… 네, 맞아요. 고마워요"라며 신난 목소리로 말한다.

"얼마 전에도 Q-wick의 콘서트 티켓을 구했다고 무척 좋아했어요. 분명 눈 깜짝할 새에 규슈를 넘어 전국으로 뻗어

갈 테지만, 규슈의 팬들을 잊지 말아 주세요."

"잊을 수가 없죠! 아아, 너무 기쁘다."

사이바라가 쑥스러워하면서도 행복한 얼굴로 사인을 마쳤다. 그 모습을 다정한 눈빛으로 바라보던 간자키가 "근데 사이바라 군, 시바 미쓰히코의 연락처는 모르죠?"라며 나지막이 물었다.

"네! 몰라요!"

간자키는 씩씩하게 답하는 사이바라에게 "그렇구나" 하고 미소 짓고는 이내 다로 쪽으로 천천히 시선을 돌린다.

"그럼, 당신은…."

눈매는 부드럽게 호를 그렸지만, 눈빛은 웃고 있지 않은 느낌에 다로가 섬뜩해하는 찰나, 휴대폰 진동이 울렸다.

"아, 내 거네."

얕은 한숨을 흘린 간자키가 "잠깐, 실례" 하고 가방에서 휴대폰을 꺼냈다. 화면을 확인하더니 미간을 살짝 찌푸리고는 "여보세요"라며 휴대폰을 귀에 가져다 댄다.

"으음, 갈 생각이긴 한데. 안 가면 안 되는 거지…? 알았어, 간다고. 얼굴도장만 찍으면 되는 거잖아. 그렇게. 하아… 좀 늦는 정도는 상관없잖아."

아무래도 약속이 있는 모양인데 전화를 건 상대가 빨리 오라고 재촉하는 것 같았다.

"내가 주인공도 아니고, 좀 늦는다고 문제 될 거 없잖아."

대답하는 간자키의 표정이 험악하다.

"간다니까. 그만 좀 해!"

끝내 난폭하게 전화를 끊은 간자키가 어깨를 들썩이며 깊은 한숨을 쉬었다. 일자로 자른 앞머리를 거칠게 쓸어 올리며 "진짜 귀찮게" 하고 내뱉는다.

"그… 저기요?"

그녀의 돌변한 모습에 놀란 사이바라가 머뭇거리며 말을 꺼냈다. 당황한 사이바라와 다로를 본 간자키는 잠시 무언가를 고민하는 듯 고개를 갸웃거리더니 이내 "당신" 하고 다로를 가리켰다.

"혹시, 시간 좀 있어?"

"흐억. 예에? 왜 그러시는데요?"

"이유는 됐고. 시간 돼? 한가하면 잠깐 시간 좀 내줄래? 일당 줄게."

"뭔진 모르겠지만, 전 시간 되는데요."

저요, 하고 한 손을 든 사이바라가 해맑게 답했다. 하지만 간자키는 "당신은 안 돼" 하고 쌀쌀맞게 거절했다.

"뭔진 모르겠지만, 거절하는 태도가 너무 쌀쌀맞아!"

뭔지도 모른다면서 충격받은 얼굴을 하는 사이바라에게 간자키는 "에이, 아이돌한테 내 남자 친구인 척해 달라고 할 수는 없잖아"라며 매력적인 미소를 짓는다.

"네? 남자 친구요?"

사이바라는 어안이 벙벙해 보였고, 다로 역시 멍한 얼굴이었다.

"그래. 무조건 남자를 데려오라는 곳이 있거든. 근데 데려갈 남자랑은 연락이 안 될 것 같고, 시간은 별로 없고. 그러니까 당신이 좀 같이 가 줘."

간자키가 꼬옥, 부드럽게 다로의 팔을 잡으며 얼굴을 빤히 들여다본다. 반질반질하게 윤을 낸 조개 껍데기 같은 손톱이 옷자락을 쓸고, 매끄럽고 예쁘장한 입술이 "응?" 하고 달싹대는데, 웬일인지 그 몸짓 하나하나에 시선을 사로잡힌 다로는 자기도 모르게 고개를 끄덕였다.

"잘됐다. 그럼, 가자."

만족스럽다는 듯 말한 그녀는 팔을 쓱 놓더니 자신의 차로 향했다. 그러다 뒤를 돌아, 멍하게 서 있는 다로를 향해 "얼른, 빨리 와" 한다.

"음, 어어…. 제가 꼭 같이 가야 하는 걸까요?"

거울을 안 봐도 알 수 있다. 분명 얼빠진 표정을 짓고 있을 터였다. 그런 얼굴로 사이바라를 향해 묻자, 사이바라는 "뭔진 모르겠지만, 힘내는 수밖에 없지 않을까"라며 파이팅 자세를 취했다.

"미녀에게 의미심장한 제안을 받는 건 라이트노벨에서는 정석에 가까운 이벤트니까. 거절하는 선택지 따윈 없다고."

"하아, 전 라이트노벨은 읽어 본 적도 없는데요."

"거기! 빨리 오라니까."

아아, 왠지 휘말리고 있다. 급류가 덮쳐 오는 느낌. 넋을 놓고 있는 와중에도 발은 움직인다. 사이바라에게 떠밀려 바깥으로 나오니 햇볕이 강렬하게 내리쬔다. 뜨겁다.

"타, 얼른."

자동차의 조수석에 끌어 앉혀진 후 계산대에서 튀어나올 듯 몸을 쭉 빼고 있는 나카오와 눈이 마주쳤다. 으아, 큰일 났네, 하는 표정의 나카오에게 일단 괜찮다는 눈빛을 보내 둔다. 휩쓸리는 기분이긴 하지만 납치당하는 건 아니니까.

"자, 그럼 갈까?"

간자키가 미끄러지듯 운전석에 앉는다. 향수 냄새가 훅 끼쳤다. 비쌀 것 같은 향기는 이름조차 알 수 없었지만, 다로의 마음을 어지럽히기에는 충분했다.

나카오와 사이바라가 지켜보는 가운데 자동차는 유유히 주차장을 빠져나갔다.

*

"후쿠오카에서 맛있는 거 먹게 해 줄게. 원하는 만큼 다 먹어도 되고, 술 마실 줄 알면 마셔도 돼."

고속 도로를 달리며 간자키가 말했다. 조수석에서 등을 꼿꼿이 세우고 앉아 있던 다로는 "어어, 저기, 어디로 가는 건지 물어봐도 되나요?" 하고 간자키의 안색을 살피며 주뼛주뼛 물었다.

"비밀이니까 기대하고 있어, 라고 말해 주고 싶지만 실은 우리 언니 결혼 기념 파티야."

"네에?"

놀란 다로가 자신의 행색을 살폈다. 구제 옷집에서 산 티셔츠에 치노 팬츠, 그리고 닥터 마틴 구두를 신고 있었다. 추레할 정도는 아니지만, 전혀 정장 느낌이 아니다. 무슨 생각을 하는지 눈치챘는지 간자키가 "괜찮아" 하고 말했다.

"식구들이랑 가까운 친구들만 초대한 편한 자리라고 했어. 평상복으로 오라고 하기도 했고 레스토랑을 빌려서 하는 스탠딩 파티니까 문제없어. 그래도, 재킷 하나 정도는 걸치면 좋긴 하겠네. 어디 들러서 대충 사자."

"어어, 그, 간자키 씨 언니의 결혼 기념 파티인데 왜 꼭 남자를 데려가야 해요?"

"아, 그게. '너도 얼른 좋은 짝 찾아야지' 같은 얘기 듣는 것도 싫고 쓸데없는 참견들도 귀찮으니까."

"예전에 가게에 같이 왔던 사람 있잖아요. 빨간 알파로메오 타고 온."

자동차가 너무 인상적이라 남자의 얼굴까지는 기억나지 않지만, 아마도 남자 친구였을 것이다.

"그 남자를 데리고 가면 되지 않나요?"

간자키는 "이미 헤어졌어" 하고 어깨를 으쓱거린다.

"다른 사람이 없는 것도 아니지만 상대방한테 괜한 오해를 사긴 싫으니까. 상대가 가족에게 인정받은 사이라고 착각하면 번거로워지잖아."

"하아."

아무리 그래도 굳이 나일 필요는 없잖아, 다로는 생각했다. 아무리 봐도 균형이 안 맞는다. 어울리긴커녕 비웃음만 사지 않을까.

"원래는 점장… 그러니까 시바 씨를 데리고 가려고 했었죠? 시바 씨한테 연락하고 싶어 했잖아요."

"아아, 미쓰히코 군? 그렇지. 외모도 화려하고, 매너도 좋고, 같이 다니기엔 최고잖아. 미쓰히코 군이어도 좋았겠지만 가능하면 니히코한테 연락하고 싶었어."

"쓰기 씨 말인가요. 그래도 저기…."

두 분 사이에는 뭔가 안 좋은 일이 있지 않았나요? 같은 질문을 할 수 있을 리가 없다. 우물쭈물하고 있으니 “어? 니히코를 알아?”라며 간자키가 살짝 놀란 눈을 한다.

“미쓰히코 군이 그 가게 점장이라는 것까지는 알아냈는데 니히코가 어디서 뭘 하고 있는지는 알 수가 없어서. 에루짱도 거기에 있길래 니히코도 그 근처에 사는 거 아닐까 예상하기는 했는데. 어때, 니히코는 잘 지내?”

“아, 으음, 네. 잘 지내요.”

“그렇구나. 다행이네.”

순간 간자키의 입꼬리가 부드럽게 올라갔다. 그리고 얼마 후에 “니히코 여자 친구 있어? 아니면 결혼했다던가” 하고 물어 왔다.

“네? 아, 없어요.”

쓰기의 집에 묵어 봤지만, 여자의 흔적 같은 것은 찾을 수 없었다.

“이제 연애 같은 건 안 한다고 말하는 걸 들은 적도 있고요.”

같이 아르바이트하는 미스미 미후유가 언젠가 쓰기에게 깔끔하게 차이고 나서 푸념을 늘어놓는 걸 들은 적이 있다. 원래의 표정으로 돌아온 간자키가 “아, 그래” 하고 답했다. 마치 여자 친구가 있길 바랐다는 듯한 태도라서 다로의 머릿속에는 물음표가 떠올랐다. 쓰기 씨를 노리고 있다면 솔로인 편이 좋은 거 아냐? 연애에 관심 없어 보인다는 게 문제인가?

"그나저나 그 가족은 미야자키 출신인 데다가 모지항에 딱히 친인척도 없을 텐데 어쩌다 남매가 세 명이나 모지항에 모여 살게 됐을까? 내가 모르는 무슨 사연이라도 있나?"

"고향이 미야자키라는 건 아는데, 여기에서 살게 된 사정 같은 건 저도 모르겠어요."

"아하, 역시 니히코도 모지항에 있는 게 맞구나?"

풉, 웃는 소리에 다로가 멈칫했다. 나, 지금 뭐 한 거야? 무심결에 미안할 정도로 많은 정보를 흘리고 말았다!

"그, 저기 그게, 쓰기 씨가 모지항에 산다는 건 아니고 가끔 놀러 오는 것 같다고 해야 하나?"

이상하다. 평소의 내 페이스가 아니다. 어지간해서는 이렇게 얼빠지게 굴지 않는데.

"그래그래, 말하기 싫으면 됐어. 어차피 내가 알아냈다고 하면 니히코가 도망가 버릴지 모르니까."

"네?"

"놀랄 것 없어. 에루짱한테 들었을 거 아냐. 나에 대한 이런 저런 얘기들."

"아뇨, 딱히, 자세한 얘기는…."

"어머, 그래? 하긴 말할 만한 내용이 아닌가?"

간자키는 옥구슬이 굴러가는 듯한 소리를 내며 웃었고 다로는 어떻게 반응해야 할지 몰라 앞만 바라봤다. 어설프게 입을 열었다간 괜한 말만 늘어놓을지 모르니 말을 아끼는 편이 나았다. 냉정을 잃으면 안 돼, 스스로 되뇐다.

하지만 이런 다짐도, 맥없이 무너졌다.

"내가 당시에 언니 남자 친구였던 니히코랑 잤거든."

갑작스러운 폭탄 발언에 다로는 "후아!" 하고 이상한 소리를 내고 말았다.

"허어, 어, 그, 그게 정말이에요?"

말도 안 된다. 아니, 그런 일은 있어서는 안 되는 거잖아.

"거짓말. 아니, 농담이죠? 아무리 그래도 웃을 수가 없잖아요, 이건."

"너, 리액션이 좋구나? 사실이야. 그 일로 언니랑 니히코랑 헤어졌고, 니히코는 홀연히 사라져 버렸지. 날 두고 도망가 버렸어."

큭큭, 간자키는 즐겁다는 듯 웃었지만 다로는 웃을 수 없었다. 나, 지금 얼토당토않은 사람이랑 같이 있는 거 아냐? 터무니없는 상황에 놓인 것 아니냐고? 이미 정보를 제대로 소화할 수도 없는 수준이다. 그러니까, 지금 나는 간자키 씨 언니의 결혼 파티에 가고 있고. 그 간자키는 쓰기의 전 여자 친구의 여동생이고, 쓰기 씨랑 바람을 피웠다고 한다. 그 말인즉슨, 내가 앞으로 쓰기 씨 전 여자 친구의 결혼 파티에 참

석하게 된다는 것이다. 언니의 남자 친구를 뺏은 동생의 남자 친구로. 이렇게 정리하면 되는 건가? 오케이? 아니지, 오케이는 무슨! 뭔가, 굉장히 위험한 상황이 되어 가고 있다. 아아, 나카오 씨, 진심으로 지금 여기에 당신이 있었으면 좋겠어요!

이럴 때 최선의 선택을 할 것 같은, 모지항에 두고 온(실제로 두고 온 건 아니지만) 동료를 떠올린다. 그때, 내가 계산대에 있을 테니 대신 좀 부탁한다고 말했어야 했는데!

몸에서 핏기가 사라져 가는 소리가 들리는 기분이다.

나, 이대로 무사히 모지항에 돌아갈 수 있을까? 만약, 그럴 수 있다고 해도 텐더니스의 아르바이트, 계속할 수 있을까? 이대로 가다간 시바 형제에게 미움받는 거 아냐?

핏기가 사라진 이후에는 진땀이 비 오듯 쏟아졌다.

"뭐야, 그렇게 무서워할 필요까진 없잖아."

다로의 긴장이 느껴졌는지 간자키가 크게 웃기 시작했다.

"그때 나는 스물둘이었어. 언니는 스물일곱이고, 니히코가… 스물다섯? 그 정도였던 것 같은데. 뭐, 어린 시절의 연애란 게 원래 별거 아닌 일로 파탄이 나는 법이잖아. 내가 가만히 있었더라도 어차피 그 둘은 헤어질 운명이었을지도 몰라."

"하, 아."

"그런데 다들 두 사람이 헤어진 걸 아쉬워하더라고. 특히 언니를 무척 따르던 에루짱이 충격을 받고 날 엄청나게 비난했지."

추억에 잠긴 듯한 말투로 간자키가 말했다.

"당신을 경멸한다고 했나, 그러면서 엉엉 울더라. 나는 나대로 그 애를 귀여워했기 때문에 좀 쓸쓸했어."

목소리는 무척이나 경쾌했지만, 눈은 조금도 웃고 있지 않았다.

"저기… 쓰기 씨가 그렇게나 좋았어요?"

다로로서는 납득할 수 있는 이유가 그것뿐이었다. 누구에게 어떤 비난을 받든, 언니의 연인을 뺏고 싶을 정도로 사랑한 것이라면 그나마 이해할 수 있을 것 같다. 여태껏 경험한 적은 없지만, 그 정도로 사람을 사랑할 수도 있겠지.

하지만 간자키는 "흐음?" 하고 고개를 갸웃거렸다.

"어땠더라. 그냥 언니를 찍소리 못하게 만들고 싶었던 것 같기도 하고."

"찍소리…."

이 상황에서 그런 표현을 쓴다고? 한마디 하고 싶었지만, 그보다 먼저 내용에 기겁하고 말았다. 언니를 괴롭히고 싶어서 남자를 뺏었다고? 공포를 닮은 감정이 밀려와 자기도 모르게 창가 쪽에 몸을 붙인 다로였지만, 간자키는 거기에 대해서는 별말 없이 "맞아" 하고 혼잣말을 이어 갔다.

"언니가 남자 친구를 잃고 괴로워하길 바랐어."

위험하다. 원래도 부족한 어휘력이 소멸해 버려 위험하다는 말밖에 나오지 않지만, 이 사람은 확실히 위험해.

지금껏 전 여자 친구 쓰바코의 애인들의 돌격을 받아 몇 번이나 피해를 보았고, 그중에는 도가 지나쳐 위기감을 느끼게 하는 위험한 놈들도 있었다. 아르바이트하는 곳에서도 피해 유무와 상관없이 이상한 사람들을 수도 없이 봐 왔으니 괴상한 인간, 유별난 인간에게 대처하는 법은 충분히 안다고 생각했다. 무의식이긴 해도 내성이 생겼다고 자부하고 있었단 말이다.

하지만 이런 타입은 없었다…!

우물 안 개구리. 이 말이 문득 다로의 머리를 스쳤다. 이제와 깨달아 봤자 도망갈 수도 없는데.

그나저나, 쓰기 씨도 나랑 다를 것 없는 그런 남자였구나.

문득 생각한다. 연애 정도는 손쉽게 여기는 베테랑에, 단 한 번의 실패도 없을 것만 같았다. 휘둘리는 일 없이 어떤 사람 앞에서도 초연할 것 같은 그런 느낌이었다.

하지만 그럴 수는 없겠지. 쓰기에게도 실패한 연애는 있다. 옆에 있는 간자키는 무척 아름다운 데다 묘한 분위기를 풍긴다. 그리고 교양 없는 표현일지 모르지만 색기가 철철 흐른다.

에로틱하다는 표현은 이런 사람한테 쓰는 게 아닐까 싶다.

이런 농후한 섹시함으로 공격해 오면 제아무리 쓰기 씨라도 맥없이 흔들렸을지 모른다. 의연하게 거절했더라면 더 좋았겠다는 마음도 있긴 하지만.

이런저런 감정이 뒤섞여 마음이 어수선하다. 그중에서도 유난히 크고, 어찌할 줄 모르겠는, 형용하기조차 어려운 감정이 있었으니, 그것은 유치원 시절 '오니 레인저'의 오니 레드 의상 속에 흰머리가 듬성듬성한 아저씨가 있었던 걸 본 이래 처음이었다.

한동안 침묵이 감돌았다. 정적이 너무 길어져 어떻게 해야 할지 몰라 우물쭈물하고 있던 차에 간자키가 "쓸데없는 얘기를 해 버렸네"라며 화제를 돌린다.

"미안, 미안. 넌 그 편의점에서 알바하는 거지? 음, 대학생이려나?"

"네, 4학년이요. 시모노세키 시립 대학에 다녀요."

왠지 모를 안도감에 불필요한 말까지 해 버렸다.

"어머, 그렇구나. 취직할 곳은 정했고? 아아, 아직 고민 중인가 보네. 근데 뭐 조급해한다고 찾아지는 것도 아니잖아. 난 네 나이 때 극단의 단원이었어. 고등학교 졸업한 직후부터 연극에 매달렸지."

즐거웠었는데…. 간자키가 눈을 가늘게 뜨며 말했다.

"연극을 했었군요."

“의외라는 표정이네. 이래 봬도 중학교 때부터 배우를 목표로 열심히 노력했었다고. 발레도 배우고, 오디션도 많이 봤어. 근데 뭐 나랑은 인연이 아니었나 봐. 결국 그만뒀지.”

“왜 그만뒀는데요?”

“늘 동경하던 극작가… 소노무라 미레라는 작가가 있었거든. 그분 작품을 꼭 해 보고 싶었는데, 돌아가셨어.”

처음 듣는 이름이었다. 지금껏 연극을 볼 기회가 별로 없기도 했고. 다로는 얼른 휴대폰으로 검색을 했다. 연극계에서는 유명한 사람인 모양이다. 위키피디아에 수많은 수상 이력이 적혀 있었다. 자신의 극단인 ‘극단 소노무라’를 창립해 많은 배우를 배출해 냈다고 한다. 백발에 이지적인 이목구비를 지닌 여성이었고, 5년 전에 병으로 세상을 떠났다고 적혀 있다.

“흐음, 대표작은 〈새벽의 끝에〉와 〈영원의 첫인사〉….”

“아아, 〈영원의 첫인사〉! 정말 좋은 작품이야. 감정의 탁류 속에 내던져진 느낌이 든다니까. 분노하고 울고, 절망하지. 마지막에는 그 틈에서 사금 같은 구원을 발견해. 어떤 사람들은 난폭하기만 하고, 희망 같은 건 조금도 찾아볼 수 없는 졸작이라고 하지만. 원래 사금 같은 건, 발견 못 하는 사람은 죽어도 못 하는 거니까. 자기가 발견 못 했다고 비난하는 쪽이 창피한 거지. 자신이 못 찾은 걸 찾아낸 사람도 있다는 사실을 왜 그렇게 인정 못 하는지 몰라. 난 〈영원의 첫인사〉를 보고 마치 젖니가 나올 때 앓는 열병 같은 감동을 받았어. 그리고 꼭 그분이 그려 낸 세상의 일부를 연기하겠다고 마음먹었지. 결국 그분 작품인 〈탄생의 첫울음을 터뜨리다〉의 주연 오디션을 봤어. 주인공 유키가 무척 어려운 캐릭터였거든. 한 청년을 만나 사랑에 빠지는데 그 청년이 사실 유키의 아들인 거야. 유키는 여든이 넘은 할머니인데 자신을 스물여덟의 아가씨라고 착각해. 젊은이의 마음을 가진 나이 든 여성의 몸짓을 표현하는 게 정말 어렵더라. 유키는 '산의 민족'이라 탄력 있는 몸이 자랑거리지만, 나이도 제대로 표현해야 하니까. 게다가 관객들이 유키의 실제 나이를 알게 되는 건 작품 막바지거든. 관객들에게 약간의 위화감을 주면서도 캐릭터를 무너뜨리면 안 되는 연기, 어려울 것 같지 않아?"

간자키가 갑자기 열을 올리며 이야기를 늘어놓았다. 어지간히 좋아하는 모양이었다.

"결국 나, 오디션에서 최종 후보까지 갔었다니까."

약간의 자랑이 섞인 투로 간자키가 턱을 치켜올렸다. 귀여운 구석이 있다고, 다로는 생각했다.

"대단하네요. 그래서 어떻게 됐어요?"

"아… 최종 오디션을 못 봤어."

순간 간자키의 얼굴에 그림자가 드리웠다.

"뭐, 오디션을 봤다고 꼭 합격했을 거란 보장도 없지만."

"흐음, 그렇군요."

다로는 휴대폰으로 〈탄생의 첫울음을 터뜨리다〉를 검색한다. 〈탄생의 첫울음을 터뜨리다〉는 소노무라 미레의 작품 중 가장 큰 호평을 받았다고 한다. 병에 걸려 시한부 선고를 받은 소노무라가 자신의 유서로 쓴 작품이란다. 만반의 준비를 거쳐 상연하던 중 마지막 공연을 보지 못한 채 세상을 떠난 것이 화제가 되었고, 주연 배우인 이즈미 도모카는 일약 스타가 되었다고. 최근에는 잡지 화보에도 등장하는 스타라, 다로도 이즈미 도모카 정도는 알고 있었다.

그렇다는 건, 지금 이즈미 도모카의 자리에 간자키 씨가 있을 수도 있었단 말인가. 신기한 기분이 들어 다로는 다시 한번 간자키를 유심히 봤다.

이즈미에게 밀리지 않는, 오히려 더 예뻐 보이기도 하는 얼굴이었다. 힘 있는 목소리에 빼어난 스타일. 거기에 누가 봐도 매력적인 분위기까지. 조금 아까 사이바라가 슬쩍 했던 말처럼 피안화를 떠올리게 하는 아름다움이 있었고, 피안화처럼 독을 품고 있을 것이라는 예감을 갖게 한다. 이 사람이라면 어쩌면, 그렇게 됐을지도 모른다는 생각이 든다.

"왜 오디션을 못 봤는데요?"

간자키는 힐끗 다로를 보더니 "도너가 됐거든" 하고 답했다.

"급성 골수성 백혈병에 걸린 사람이 있어서."

검사를 받고 적합 판정이 나오면 이런저런 설명을 듣고 골수 기증 수술을 위해 입원해야 한다. 그 와중에 오디션에 맞춰 컨디션 관리를 할 수가 없었다고, 간자키가 담담하게 말했다.

"도너…. 제 지인 중에도 도너 등록을 했던 사람이 있는데 적합 판정을 받고부터가 힘들다고 하더라고요."

대학 친구였다. 통지를 받고 실제로 기증할 때까지 몇 번이나 병원을 찾았고, 반복적으로 설명을 들으며 여러 서류에 사인을 해야 했다고 들었다. 친구는 이틀 정도 입원했었는데 "상상했던 것보다 훨씬 힘들었어"라고 말했다.

"맞아, 큰일이야. 특히 나는 예후가 안 좋았거든. 보통은 이틀이면 퇴원한다는데 나는 열도 나고, 구토도 멈추지 않아서 결국 열흘 정도 입원해 있었어. 어쩔 수 없는 일이지. 꿈보다는 사람의 생명이 중요하니까."

방금 전까지 열심히 길을 안내하던 내비게이션에서 착신음이 울렸다. 간자키의 휴대폰과 연동되어 있는 모양이었다. 중앙 디스플레이에 '다카자키 코퍼레이션 인사팀'이라는 발신자 연락처가 뜨자 간자키는 "귀찮아"라며 혀를 찼다.

"아아, 진짜 짜증 나는 사람한테 전화가 왔네. 잠깐만 조용히 있어 봐."

간자키가 한 손으로 디스플레이를 터치하자 통화가 시작됐다.

"네, 간자키입니다."

"안녕하세요, 늘 신세 많이 지고 있습니다. 다카자키의 미무라예요. 간자키 사장님, 지금 통화 가능하신가요?"

연배가 꽤 되는 듯한 남성의 목소리에 간자키가 "저야말로 항상 신세 많이 지고 있어요"라며 표정은 차갑지만 상냥한 목소리로 답했다.

"죄송하지만 지금 밖에 있어서요. 나중에 제가 다시 걸어도 될까요?"

"아, 그래요. 그럼 간단히 용건만 말씀드리죠. 그쪽 회사에서 보내 주신 직원 일로 상의할 게 있어서요. 후지이 매니저한테 얘기할까 하다가 사장님한테 말씀드리는 게 아무래도 빠르겠다 싶어서. 모모이 씨라는 젊은 여직원 있잖아요. 그 친구가 사원 식당에서 점심을 먹었더라고요. 파견직은 쉴 때 별도의 장소를 쓰라고 첫날 말했는데 사원들이랑 같이 밥을 먹은 거예요. 물론, 같이 먹자고 한 저희 사원한테도 잘못은 있는데. 그리고 그 가노 씨라는 삼십 대 여자. 그 사람은 매번 업무 시작 오 분 전에 도착해요. 저희 규정상 파견직은 십 분 전까지 와서 대기를 하게 되어 있어요. 아, 물론 저도 따로 얘기는 할 텐데, 그쪽에서도 얘기를 좀…."

간단히 하겠다던 미무라라는 남자는 이야기를 줄줄 늘어놓기 시작했다.

"알겠습니다. 불편을 드렸네요. 우선 본인들에게 확인하겠습니다. 귀사의 규정을 저와 후지이 매니저, 전 직원이 재차 공유하고 그에 대한 보고를 따로 올리겠습니다. 그리고… 후지이 매니저는 문제에 신속하게 대응할 수 있는 우수한 직원입니다. 저 역시 이 일을 담당할 적임자라 믿고 있으니 부디 안심하시고 그쪽으로 연락 부탁드립니다."

간자키는 죄송하다는 듯 답했지만, 짜증 난 것이 분명한 얼굴을 하고 있었다. 그럴 만도 하지, 라고 다로는 생각했다. 옆에서 듣기에도 뭔가 이상한 내용이었다. 담당 매니저가 떡하니 있는데 곧바로 사장에게 전화를 걸 만한 사안은 아닌 것 같았기 때문이다.

"그렇군요. 네, 그러죠. 그래도 사장님이 한 번쯤은 더 우리 회사에 들러 주면 좋겠는데요. 처음에 한 번 오시고는 안 오셨잖아요, 맨날 이렇게 통화만 했지. 그렇게 손 놓고 계시면 안 되거든요. 직접 보고 사람들을 관리해야지. 그냥 맡겨만 두면 문제가 생겨도 모른다니까요. 뭐, 나이 든 사람의 잔소리라고 생각해도 별수 없는데 이게 다 간자키 사장님을 걱정해서 하는 말입니다."

갈수록 말투에 격이 없어진다. 다로가 듣기에도 이 사람 간자키 씨를 우습게 보는구나, 하는 느낌이 들었다. '나이 먹은 남자'라는 이유만으로 이렇게 거만하게 구는 놈들이 간혹 있다. 다로 역시 겪어 봤다. 술집에서 보통 키에 평범한 체격이었던 다로에게 '요즘 학생들은'이라는 말을 들먹이며 설교를 늘어놓던 아저씨가 있었는데, 미식축구를 하는 친구가 어슬렁어슬렁 다가오자 부리나케 꽁무니를 뺐다. 자기보다 약해 보이는 상대에게만 강한 척하는 인간들, 지긋지긋하다.

다로는 가능한 한 낮은 소리를 내려고 신경 쓰며 콜록, 하고 크게 기침했다. 계속 떠들던 미무라가 "엇" 하더니 말을 멈췄다. 다로를 슬쩍 쳐다본 간자키가 웃었다.

"미무라 님, 조언 감사합니다. 해 주신 말씀 덕분에 많이 배웠습니다. 아사가와 사장님께는 제가 직접 사과드리죠. 그리고 이렇게 절 걱정해 주시는 직원분이 있다는 것에 대한 감사도 꼬옥, 전할게요."

의미심장해 보이는 간자키의 눈짓에 다로가 다시 기침을 했다.

"어? 그, 혹시 지금 저, 저희 사장님이랑…."

"아, 죄송하지만 더 오래 통화하면 같이 계신 분께 실례가 될 것 같아서요. 그럼, 이만 끊겠습니다."

통화를 마친 간자키가 풉 하고 웃음을 터뜨렸다.

"이 사람 분명, 자기 회사 사장이랑 같이 있는 걸로 착각하고 있어! 그렇게 타이밍이 절묘할 리가 있겠어? 꼴좋다!"

깔깔거리며 웃은 간자키가 "너, 센스 있다"라며 다로의 어깨를 두드렸다.

"이 사람 툭하면 나한테 클레임을 걸거든. 후지이라는 담당자가 헬스를 엄청 열심히 하는 근육맨인데, 그 사람은 성에 찰 만큼 괴롭히질 못하니까. 안 그래도 그쪽 사장한테 한마디 할 생각이었는데 마침 잘됐다."

아하하, 기분 좋게 웃는 간자키에게 다로는 "멋대로 끼어들어서 죄송했습니다" 하고 고개를 숙였다.

"별말씀을. 그냥 기침한 것뿐이잖아. 저쪽에서 멋대로 착각한 거지."

"그렇기도 하지만."

"오케이, 오케이. 아, 속 시원하다."

아까의 통화가 다시 떠올랐는지 후후, 하고 웃는 간자키의 모습에 다로도 덩달아 안도했다.

"그나저나, 사장님, 이셨군요."

"뭐, 만든 지 3년밖에 안 된 조그만 회사지만 감사하게도 어느 정도 궤도에 오른 거 같아. 지금처럼 아저씨한테 무시당하는 일도 많이 줄었고. 아, 잠깐 통화 좀 해도 돼? 후지이 씨한테 얘기 좀 해 두게."

이번에는 신이 난 듯(후지이는 간자키가 재현하는 통화 내용을 듣고 껄껄대며 웃었다) 대화하며 핸들을 조작하는 간자키를 바라본다. 연애관은 좀처럼 이해하기 어렵지만, 어쩌면 꽤 좋은 사람일지도 모르겠다는 생각을 잠깐 했다.

그러는 사이 자동차는 후쿠오카 시내에 도착했다. 행사가 열리는 레스토랑 근처에 차를 세운 간자키는 눈에 보이는 편집숍에 들어가 다로의 재킷을 샀다.

"아, 저기. 이건 제가 살게요."

"그냥 알바비라고 생각해. 와, 잘 어울리네. 빡빡머리도 괜찮긴 한데 위쪽을 살짝만 길러 보면 어때? 그게 더 잘 어울리고 훨씬 멋있을 것 같은데."

슬쩍 흘리는 말에 다로는 자기도 모르게 얼굴을 붉혔다. 뭐야, 왜 빨개지는데? 바보냐. 중학생도 아니고 이 정도 칭찬에 쑥스러워하지 말라고!

이런 다로의 마음속 갈등에는 관심도 없다는 듯, 간자키는 쇼핑을 마치고 가게를 나섰다. 그러고는 길을 걸으며 "미리 입을 좀 맞춰 두자. 이제부터 날 하나, 라고 불러. 사귄 지는… 두 달 정도 된 걸로 할까? 거짓말은 적게 할수록 좋으니까, 네가 일하는 편의점에서 만난 걸로. 내가 먼저 말 걸었다고 할게. 오케이?"라고 스토리를 짠다.

"간자키, 아니, 하나… 씨가 먼저 말을 걸다니 말이 안 되잖아요. 제가 먼저 연락처를 준 걸로 해요."

"말이 안 될 게 뭐가 있어. 뭐, 네 제안대로 해도 상관은 없지만. 두 달밖에 안 만났으니 나에 대해 잘 몰라도 별문제 없을 거야. 이래저래 괜한 말을 하는 사람도 있겠지만, 적당히 듣고 흘리면 돼."

"알겠어요. 저는 다로라고 불러 주세요. 아, 제 이름은 히로세 다로예요."

"아."

우뚝, 걸음을 멈춘 간자키가 화들짝 놀란 표정으로 다로를 봤다. 그러더니 살짝 뺨을 붉힌다.

"아아, 미안. 계속 내 얘기만 하느라 중요한 걸 안 물어봤네. 세상에, 고용주로서 완전 실격이다. 미안해. 원래는 이런 실례 잘 안 하는데 좀 긴장해서 그런가."

부끄러운 듯 귓가를 만진다. 조그만 귀에 걸린 커다란 귀걸이가 반짝거리며 흔들렸다.

"아, 아뇨, 저도 소개할 타이밍을 놓쳐서."

"묻지도 않은 건 나니까. 미안, 그, 다로… 음, 다로 군으로 할까?"

간자키가 수줍은 듯 웃었다. 그 미소에 한순간 심장이 떨렸다.

"아, 네. 그럼, 하나 씨, 잘 부탁합니다."

"나야말로 잘 부탁해. 그럼, 갈까?"

자연스럽게 간자키가 다로의 손을 잡았다. 서늘하고 부드러운 손은 자그마했고, 한 손에 쏙 들어오는 그 감촉에 다로의 가슴이 다시 한번 두근거렸다.

도착한 곳은 영국식 정원이 펼쳐진 레스토랑이었다. 파티가 이미 시작된 모양이었다. 선명한 초록빛 정원에 하얀 테이블이 여러 개 놓여 있었고, 사람들은 제각각 한 손에 잔과 그릇을 든 채 담소를 나누는 중이었다. 화려하게 차려입은 사람도 있었지만, 넥타이 없이 편한 복장을 한 사람도 있었기 때문에 다로는 자기 모습이 이 장소와 크게 어긋나지 않는다는 사실에 안심할 수 있었다.

"얼른 인사부터 끝내 버리자."

안쪽에 피로연 석상 같은 테이블이 자리하고, 하얀색의 풍성한 원피스를 입은 여성과 턱시도 차림의 남성이 사람들에 둘러싸여 있다. 분명 저 두 사람이 오늘의 주역이겠지.

"하나! 왜 이렇게 늦었니."

화가 난 목소리가 들리고 예복을 입은 여성이 달려들듯 다가왔다.

"파티 전에 저쪽 가족과 인사 나눌 거라고 몇 번이나 얘기했잖아! 오늘 같은 날은 미도리의 체면을 세워 줘야지. 안 그래도 저쪽 집에서는 아들을 데릴사위로 보낸다고 탐탁지 않아 하는데, 신경 좀 쓰라니까!"

"언니는 내가 있어야 체면이 서는 사람이야?"

"그런 말이 아니잖아! 어휴, 저쪽 아버님이 너 만난다고 기대하고 계셨는데."

"왔으니까 됐잖아. 어디? 그분한테 먼저 인사하지 뭐."

"암튼 정말! 일단 형부한테 인사시켜 줄 테니까 예의 바르게… 근데, 이분은 누구?"

말하던 여성이 간자키 옆에 선 다로를 발견했다. 다로가 목례하자 간자키가 "내 남자 친구, 다로 군" 하고 짧게 소개했다.

"뭐? 남자 친구? 어머, 반가워요, 하나 엄마 요코라고 해요."

"네. 히로세 다로라고 합니다. 축하드립니다."

"아이고, 정중하기도 하지. 고마워요."

마주 선 채로 꾸벅꾸벅 인사를 반복하는 모습에 간자키가 "그쯤 해 둬" 하고 두 사람을 말렸다.

"오늘은 다로 군이 중요한 게 아니니까."

"그런 말 할 거면, 이런 자리에 데려오질 말든가."

딸에게는 쏘아 대듯 말했지만, 다로에게는 "그렇죠? 더 좋은 타이밍이 있었을 텐데"라면서 친절한 미소를 짓는 요코였다.

"뭐, 내가 남자 친구 데려오면 언니는 남편 뺏길 걱정 안 해도 되고, 좋은 거 아냐?"

"하나, 너!"

간자키의 말에 요코의 낯빛이 바뀌었다. 간자키는 "괜찮아, 괜찮아. 이 사람도 다 아는데 뭐"하고 태연하게 웃어 보였다.

"너란 애는 정말…. 저 집 어르신들은 아무것도 모르시니까 쓸데없는 얘기 하지 마, 알겠어?"

"그러니까 그냥 날 부르지 말지 그랬어."

"안 오면 안 오는 대로 무슨 사연인지 수상쩍어할 거 아냐!"

물어뜯을 기세로 다그친 요코가 두 사람의 대화를 좇아가지 못한 채 입을 벌리고 있는 다로의 존재를 깨닫고 "어머, 미안해요. 이런 못 볼 꼴을 보여서"라며 황급히 고개를 숙인다.

"미안합니다. 아무래도 자리가 자리다 보니까."

"아뇨, 아니에요. 저야말로 멋대로 따라와서 죄송합니다."

미소를 지어 보이며 "저 신경 쓰지 마시고 두 분 편히 볼일 보세요"라고 덧붙였다. 요코는 "아, 미안해요. 그럼 하나, 넌 이리 와" 하고 간자키를 재촉했다.

앞서가는 두 사람의 뒤를 다로가 한 발짝 떨어져 따라 걷는다. 하아, 미치겠네, 믿어지지 않지만 이러니까 마치 내가 쓰기 씨 애인이랑 바람이라도 피우는 것 같잖아…. 으으, 어떤 표정을 지어야 할지 모르겠다고, 진짜. 마음속에서 몇십 번째일지 모를 한숨을 뱉고 있자니 "어라? 저기 하나짱이잖아!" 하는 목소리가 가까이에서 들렸다. 슬쩍 눈을 돌리자 간자키보다 나이가 몇 살쯤 많아 보이는 여성 두 명이 간자키의 등을 바라보고 있었다.

“어, 왔네? 온다는 얘기 못 들었는데.”

“그래도 자매잖아. 무시할 수는 없겠지.”

“그런가. 미도리, 괜찮을까?”

거기 누님들, 이 정도 거리면 다 들릴 거 같은데 일부러 그러시는 겁니까?

다로는 앞에서 걸어가는 뒷모습에 시선을 돌린 채 속으로 중얼거렸다. 그리고 다시 한번, 도망치고 싶다고 생각했다. 앞에 있는 사람은 쓰기 씨의 옛 연인이다.

요코는 곧바로 단상으로 향했다. “미도리” 하고 이름을 부르자 단상 앞에서 생글거리며 담소를 나누던 하얀 원피스 차림의 여성이 빙그르르 돌아섰다.

“네.”

얼굴이 예쁜 사람이었다.

간자키와는 별로 닮지 않았다. 간자키가 가시 돋친 장미나 독을 품은 피안화를 떠올리게 한다면 언니인 미도리는 해바라기나 민들레 같은 느낌이다. 엷은 다갈색 피부에 동글동글한 얼굴. 시원스러운 입매의 입꼬리가 한껏 올라가 있었다.

하지만 미도리는 하나의 존재를 확인하자마자 얼굴을 굳혔다. 다만, 그것은 찰나였고 곧바로 “아, 하나짱”이라며 애써 웃어 보였다. 그러나 여전히 경직된 뺨 주변이 다로의 눈에 들어왔다.

"와 줬…구나. 깜짝 놀랐, 잖아."

"하나밖에 없는 언니 결혼식 파티니까 무조건 오라고 엄마가 그랬잖아."

조금 전과는 다른 사람인 듯, 자상한 엄마의 얼굴을 하고 있는 요코가 "얼른" 하고 간자키를 미도리 앞으로 떠밀었다. 간자키는 "축하해, 언니" 하고 온화하게 말했다.

"축하 파티에 늦어서 미안. 드레스 너무 잘 어울린다."

간자키가 싱긋 웃으며 핸드백 속에서 작은 상자를 꺼냈다. 싱그러운 파란색 상자에 하얀 리본이 묶여 있었다.

"엄마가 언니를 위한 결혼 선물을 하나 준비하라고 해서. '새 걸'로 준비했는데 다른 사람이랑 안 겹칠지 모르겠네."

"아… 일부러 준비해 왔구나?"

"안에 든 건 피어싱이야. 괜찮으면 써."

"뭐? 축하 선물로 피어싱을 사 왔다고? 뭐 하는 거야. 엄마가 목걸이가 좋을 것 같다고 했잖아. 격식 차릴 수 있는 진주 같은 거."

요코가 불만스럽게 말했다.

"넌 정말, 어쩜 그렇게 상식을 모르니?"

"미안. 평소에도 쓸 수 있는 게 좋을 것 같아서."

엄마의 잔소리를 쓱 피하며 간자키가 미도리에게 상자를 건넨다.

"어, 그래… 고마워. 마사토, 이쪽은 내 동생. 하나짱."

주뼛주뼛 상자를 건네받은 미도리가 옆에 있던 남성에게 간자키를 소개한다. 마사토라고 불린 남성은 하나를 보고 순간적으로 하앗, 하는 표정을 지었다. 그러더니 "아, 그럼, 당신이 그…. 감사합니다!"라며 고개를 숙여 힘차게 인사했다.

"덕분에 미도리를 만날 수 있었어요!"

"아휴, 과분한 말씀이에요."

간자키가 손을 저으며 웃었지만 마사토는 "과분하긴요!"라며 진지한 얼굴을 한다.

"도너가 되어 주시지 않았다면 지금의 미도리도 없는걸요."

"글쎄요. 다른 사람 중에 적합한 사람이 또 있었을지도 모르고."

"아니, 쉽지 않았을 거예요. 그렇게 간단히 찾을 수 있는 게 아니라고 당시에 선생님도 말씀하셨잖아요."

근처에 있던, 간자키의 아버지로 보이는 남성이 "하나, 늦었구나"라며 대화에 끼어들었다. 그러고는 마사토에게 "하나가 없었으면 어떻게 됐을지 모르지" 하고 말했다.

"자매라고 다 적합 판정을 받는 것도 아니고, 기적 같은 일이었지. 하나가 없었다면 우리 집의 대를 이어 줄 딸이 지금이 자리에 없었을 거야."

마사토가 "그렇죠"라며 고개를 끄덕였다.

"하나 씨에게는 아무리 감사해도 부족해요. 미도리의 생명의 은인이니까요."

"아이, 참. 가족 사이에 감사라느니 은인이라니, 뭐 그런 말까지. 게다가 얘네 둘은 어릴 때부터 사이좋은 자매였는데 당연한 일이잖아요, 그렇지?"

요코가 두 자매의 얼굴을 번갈아 바라보며 웃었다. 간자키가 미소 띤 얼굴로 고개를 끄덕이자 미도리가 어색하게 "응" 하고 답했다.

"맞죠, 여보?"

"응? 아아, 그럼. 예전부터 미도리는 착한 언니, 하나는 착한 동생이었지."

아버지가 두 딸의 어깨를 끌어안으며 웃었다.

어째서인지 식은땀이 멈추지 않는다.

다로는 태연한 표정을 꾸며 내며 심장 근처를 지그시 눌렀다. 긴장감이 엄청나다. 사이좋게 보이지만, 그 뒤로 뾰족뾰족한 분위기가 느껴진다…. 하나 씨의 엄마는 당최 두 사람 사이를 좋게 하려는 건지, 나쁘게 하려는 건지 알 수가 없다.

그나저나, 그랬구나. 언니의 도너였던 거구나.

다로는 아버지의 옆에서 미소를 띠고 있는 간자키의 얼굴을 바라보며 생각한다. 아무리 연애로 인한 문제가 있어도, 서로 서먹하더라도 그럴 때만큼은 소중한 가족이겠지. 아, 기증이 먼저인가? 아니면 연애 문제가 먼저?

"아, 이분이 소문의 그 하나 씨인가!"

풍채 좋은 남성이 나타나 본인을 마사토의 아버지라고 소개했다. 마사토의 아버지는 하나를 쳐다보더니 "이야, 정말 아름다우시네"라며 감탄하듯 말했다.

"거기다 마음도 착하고 능력도 있으시다니. 훌륭한 아가씨네요. 앞으로 우리 아들 좀 잘 부탁드려요."

"저야말로, 저희 식구들 잘 부탁드릴게요."

"아, 우리 집사람 소개할게요. 어이, 여보."

가족끼리 인사를 나누기 시작하길래 다로는 조금 떨어져 상황을 지켜봤다. 어설프게 나서지 않는 편이 좋겠다. 웨이터가 와서 마실 것을 시키겠냐고 물었고, 부탁한 우롱차를 받았다.

9월의 기분 좋은 바람이 스쳐 갔다. 빌딩이 즐비한 하카타 거리 안에 풍요로운 자연환경이 느껴져 다로는 '이런 곳이 다 있구나' 하고 감탄했다. 간자키 쪽을 보니 한창 대화가 무르익어 가고 있길래 행사장 안을 걸어 보기로 했다.

오늘은 참 대단한 하루구나.

모르는 사람들 속을 걷고 있자니 기분이 점차 차분해졌고 이내 그 감각은 신기함으로 바뀌었다.

"저기… 하나짱의 지인, 이시죠?"

누군가 말을 걸어와 돌아보자 아까 봤던 두 사람이 서 있었다.

"네. 누구신지…."

"미도리의… 그러니까 하나짱 언니의 친구예요."

처음 뵙겠습니다, 라고 인사하는 두 사람에게 "안녕하세요" 하고 고개 숙여 인사했다. 두 사람은 값이라도 매기는 듯 다로를 쭈욱 훑어보더니 "나이가, 어리신 거 같네요?" 하고 질문했다.

"네, 스물둘이에요."

"어머! 엄청 어리잖아!"

레이스가 달린 원피스 차림의 여성이 놀라서 소리치자, 시원한 니트 셋업을 입고 옆에 서 있던 사람이 "어휴, 삿짱. 목소리가 너무 크다" 하고 나무란다.

"아, 구미짱 미안, 미안. 아니, 근데 너무 어리잖아. 그래서 하나짱이랑은 어떤 관계인데요? 여기에 같이 온 거 보니까, 남자 친구?"

"어떤 관계… 그냥 제가 같이 가고 싶다고 부탁해서 하나 씨가 데려와 준 거예요."

이 두 사람은 아까 간자키에 대해 좋게 말하지 않았다. 그런 사람들에게 남자 친구라며 나서는 것보다 나을 듯해 둘러댄 말에 삿짱이라는 사람이 "어머, 그게 무슨 뜻이야?" 하고 거듭 묻는다.

"딱 잘라 말해서 애인이 아니라 그냥 '남사친'이라는 뜻? 사귀는 게 아니고? 어떻게 아는 사인데요?"

아아, 나이를 먹을 만큼 먹고도 이런 걸 이렇게 꼬치꼬치 캐묻는 사람이 있구나. 다로는 살짝 질리는 기분이었다. 뭐, 이런 사람을 적당히 피하는 방법 정도는 알고 있다. 누가 뭐래도 천성적으로 사람을 홀리는 데 능숙한 남자와 오랫동안 함께 생활해 온 몸이니까.

"딱 잘라 어떤 사이라기보다는 그냥 여기 오면 하나 씨랑 더 오래 같이 있을 수 있으니까, 그래서 따라왔을 뿐이에요."

부끄러움 따위는 내팽개쳐 버리고 머릿속에 있는 시바 캐릭터를 재생하듯 말하자 삿짱이 '어머!' 하고 소리를 질렀다. 옆에 있는 구미짱도 입을 쩍 벌렸다.

으아, 망했다! 나도 안다고! 점장님처럼 매력적으로 보이지 않는다는 것쯤은!

온몸의 피가 얼굴에 몰리는 기분이 들었다. 고개를 푹 숙이자 "대단하네. 하나짱 사랑받고 있구나" 하고 두 사람이 입을 모았다.

"그럼, 행복하게 지내는 건가, 요즘?"

그 목소리에 진심이 느껴져서 다로가 고개를 들었다. 두 사람은 서로 마주 보더니 "행복하다니 됐네" 하고 끄덕였다.

"저기, 하나짱 요즘 일도 잘 풀리고 있는 거 맞죠? 행복, 한 거죠?"

다로는 "아, 네. 그런 거 같아요"라고 더듬더듬 답했다. 이런 질문이 훅 들어오다니, 당황스럽잖아.

"다행이다."

구미짱이 미소 지었다. "저, 이상한 질문해서 미안해요"라며 덧붙인다.

"우리 둘 다 궁금했거든요. 요즘 어떻게 지내는지. 행복하다니 됐어요. 다행이다. 안심이네."

"그런 거라면 본인에게 직접 물어보시는 게 더 좋지 않을까요?"

다른 사람의 추측보다 본인 입으로 듣는 게 좋을 것 같은데. 하지만 구미짱은 딱 잘라 "아뇨, 그건 됐어요. 아직 용서하지 않았으니까, 대화하고 싶지는 않아요"라며 한 손을 저으며 말했다.

"그 애의 행복이 기쁜 게 아니라 자기가 행복하면 미도리한테 나쁜 짓은 안 하겠지 싶을 뿐이니까."

"맞아. 더 이상 미도리를 울리지 않았으면 좋겠어."

삿짱도 한마디 거든다.

"그때 미도리한테 했던 짓은 지금도 용서가 안 된다니까."

"하아."

이들이 말하는 '하나가 한 짓'이란 미도리의 연인이었던 쓰기를 뺏은 이야기겠지. 어떻게 된 상황인지 당황하고 있는데 "당신들한테 용서 같은 거 안 받아도 상관없는데?" 하는 차가운 목소리가 들렸다. 돌아보니 간자키가 서 있었다.

"그 사람한테 내 과거 얘기해서 뭘 어쩌려고요? 당신들 말 때문에 헤어지기라도 하면 속이 시원할 것 같았나?"

생긋 웃는 얼굴에는 카리스마가 넘쳤다. 두 사람이 "딱히 그럴 생각은 없었는데"라고 웅얼거렸다.

"그저 우린 친구니까 미도리가 걱정돼서…."

"난 '우정이라는 이름으로 마음대로 선을 넘어도 된다'는 당신들의 그 사고방식이 딱 질색이에요. 언닌 그런 걸 좋아할지도 모르지만 나까지 끌어들일 생각은 하지 마요. 저쪽으로 가자, 다로 군."

간자키가 다로의 손을 잡아끈다. 다로는 굳은 표정의 두 사람에게 가볍게 목례한 뒤 자리를 떴다.

사람이 적은 구석으로 자리를 옮긴 후 간자키가 "아아, 정말 싫어"라며 내뱉듯 말했다.

"저 사람들 진짜 질색이야. '잘되라고 하는 말'이라는 핑계로 아무 데나 끼어들어서 휘젓고 다니는 게 취미라니까."

"하아."

"너한테 뭐라 그럴 줄 알았어. 다로 군, 그 사람들이 불쾌한 말은 안 했어?"

"뭐 딱히 특별한 말은…. 언제부터 듣고 있었어요?"

"어? 아… 그 사람들이 내 행복을 기뻐하는 건 아니라면서 거들먹거리며 떠들 때부터였나?"

기억을 더듬듯 고개를 갸웃대던 간자키의 모습에 다로는 안심했다. 시바 흉내를 내는 순간을 들켰다면 한 일주일은 괴로움에 몸부림쳤을 것이다.

"그 전에는 무슨 얘기 했는데?"

"별말 안 했어요. 아, 이거 마실래요? 아직 입 안 댔어요. 잔에 물기가 좀 맺히긴 했는데 시원해요."

"뭔데?"

"우롱차요."

"고마워. 좀 전까지 싹싹한 척하느라 애썼더니 목마르다."

우롱차를 받아 든 간자키는 마치 술을 원샷하는 사람처럼 잔을 비웠다. 그러더니 어깨를 들썩이며 한숨을 쉰다.

"행복…이라."

멍하니 중얼거린 간자키는 멀리 있는 언니를 가리키며 "저기… 어때 보여?" 하고 다로에게 물었다.

"어떻게 보이냐니…."

"분위기 말이야, 분위기."

"아아, 뭐 행복해 보이네요."

이런 자리에서 생글생글 웃고 있는 모습을 달리 형용할 말이 없지 않은가. 옛날 일이야 어찌 됐든, 자신을 사랑해 주는 사람과 결혼하다니 행복하겠지.

간자키가 "응, 그렇지"라고 대꾸한다.

"정말 행복해 보여."

그렇게 말하는 얼굴에는 표정이 없었다. 아니, 정확하게 말하면 그 얼굴에 드러난 감정을 읽을 수가 없었다.

"아, 저, 뭐 좀 물어봐도 돼요?"

"뭘?"

"도너가 된 것과 쓰기 씨랑 그런 일이 있던 것, 뭐가 먼저예요?"

여러 사람에게 이런저런 이야기를 들은 이상, 신경이 쓰이지 않을 리 없었다.

간자키는 답하지 않았다. 빈 잔을 가지러 온 웨이터에게 우롱차 두 잔을 더 받았다. 한 잔을 다로에게 건네며 "어느 쪽이 먼저일 것 같아?" 하고 묻는다.

"기증이 먼저고, 쓰기 씨와의 일이 나중이 아닐까…."

"아, 아쉽게 됐네. 정답은 '동시에'였습니다. 내가 언니한테 기증하길 바라면 나랑 자라고, 니히코한테 그랬거든."

방금 받아 든 잔을 떨어뜨릴 뻔했다. 상상도 못 한 답변이었다.

"언니 목숨이랑 바꾸는 건데. 하룻밤 정도는 같이 자 줄 수 있지 않냐고 밀어붙였어."

해도 너무한 조건 아닌가. 경악하고 있는 다로를 앞에 두고 간자키는 정원을 빙 둘러봤다. 가까운 가족과 친구들뿐인 것 치고는 사람이 많이 모였다. 다들 즐거워 보였다.

"언니는 옛날부터 다 가졌었거든. 그러니까 하나 정도는 뺏어 줘야지 싶었어. 그냥 못되게 군 거야."

"그게 무슨…. 하나 씨도 충분히…."

"충분히 많은 걸 가졌다고? 그럴지도 모르지. 남들이 보기엔."

간자키는 잔에 입을 가져다 대려다 그만뒀다. 그러고는 등 뒤로 걸어가던 웨이터를 불러 세우더니 "역시, 안 마시는 게 낫겠네요"라며 잔을 돌려주고 뒤를 돌아봤다.

"그래도 난, 언니한테서 뭐라도 뺏고 싶었어."

다로의 뱃속이 뒤틀렸다. 그야말로 잔인한 횡포다. 인간으로서 해서는 안 될 짓이다.

"언니가 완전히 회복한 걸 확인하고 나서 언니한테 니히코와 있었던 일을 고백했어. 당연히 엄청나게 난리를 쳤지.

배신을 당했다느니, 이런 꼴을 당할 바에야 기증 따위 안 받는 게 나았다느니, 차라리 죽을 걸 그랬다느니. 야단법석이었어."

미도리는 동생과 쓰기의 하룻밤을 용서할 수가 없었다. 울고 또 울고, 도저히 받아들일 수 없다면서 쓰기와 헤어졌다.

"자기를 위해서 애인이 애써 줬구나, 하고 넘어갈 수도 있는 문제잖아? 나는 언니가 그렇게 고상하게만 살려고 하는 것도 마음에 안 들어."

다로의 눈앞을 무언가가 쓱 가로질러 갔다. 고추잠자리였다. 이런 시내 한가운데에도 잠자리가 있네? 하는 생각이 잠시 들었지만 이러고 있을 때가 아니었다.

"저기…, 하나만 더 물어봐도 괜찮아요? 하나 씨, 여기에 쓰기 씨를 데려올 생각이었어요?"

이곳에 와서 커진 의문이었다. 그녀가 오늘, 모지항까지 온 이유는 뭘까. 간자키는 쓰기의 에스코트를 받으며 여기에 오고 싶었던 걸까?

잠시 입을 꼭 다물고 있던 간자키가 말했다.

"응, 그랬지. 가능하면."

"왜요? 이미 끝난 일인데 굳이 부를 필요 없잖아요."

"당사자들끼리 끝이 났는지 어떤지, 모르잖아."

다로는 간자키를 보던 미도리의 표정을 떠올린다. 분명,

딱딱하게 굳어 있었다.

"지금도 찍소리 못하게 하고 싶나요?"

차에서 했던 대화를 떠올리며 묻자 간자키가 살짝 웃는다.

"뭐야 그 촌스러운 말투는…. 아, 내가 한 말인가. 그랬나, 그랬던 거 같네."

"왜 그렇게 못되게 굴어요?"

"내가 못됐어?"

"그렇잖아요? 쓰기 씨를 사랑한 것도 아니라면서요. 그냥 미도리 씨한테 상처 주려고 두 사람을 갈라놓다니. 지금도 행복해하는 미도리 씨한테 상처 주고 싶어서 그런 말 하는 거죠? 하나 씨도 다 가졌으면서, 좋은 여자면서, 일부러 사람들한테 미움받을 짓을 할 필요는 없잖아요."

못되게 군다고 표현했지만 사실 다로는 '악질'이라는 말을 하고 싶었다. 그 정도로 잘못된 일이라고 생각한다. 그런 짓까지 할 필요가 없는 사람이잖아.

"아니면 미도리 씨한테 심한 학대라도 받았나요? 그럴 수밖에 없는 이유가 있었다면 가르쳐 줘요."

"학대 같은 거 없었어. 그러거나 말거나 상관없잖아. 내가 멋대로 무슨 짓을 하든."

간자키가 새쭉한 표정으로 고개를 돌린다.

"아무튼 니히코는 여기 안 왔으니까 된 거 아냐?"

"그럴지도 모르지만, 역시 기본적으로 건강한 사고방식을 가진 사람은 그런 생각 안 할 거예요. 미도리 씨랑 마사토 씨는 사랑의 결실을 맺고 행복해 보이잖아요. 왜 그런 사람들을 휘저으려고 해요."

"아, 시끄럽네."

무슨 벌레라도 쫓아내는 것처럼 간자키가 손을 저었다. 그러고는 "설교 듣기 싫어. 저쪽에 아는 사람 있으니까 인사나 하고 올래" 하고 멀어져 간다. 아름다운 걸음걸이로 행사장을 가로질러 가더니 정장 차림의 남자와 싱글거리며 이야기를 시작했다. 남겨진 다로는 "너무하네" 하고 혼잣말을 중얼거렸다. 왜 저렇게 거만해?

손에 든 잔을 입에 대 보니 우롱차가 아니라 우롱차와 술을 섞은 우롱하이였다. 쓸데없이 진하게도 만들었다. 간자키가 집었던 잔을 돌려준 이유가 이거였나.

"말을 해 줘야 할 거 아냐, 젠장."

나도 반납할까, 아니다, 그냥 마셔 버리자. 벌컥 들이켜고는 간자키를 본다.

간자키는 좀 전까지의 심술궂은 표정을 깔끔하게 감추고 즐거운 듯 웃고 있다. 천진하게 웃는 모습에 정말 무서운 사람이구나 하는 생각이 들었다. 성격이 못된 사람처럼 보이지는 않는다. 연기를 지나치게 잘한다. 어이, 거기 넋 놓고 해롱

대고 있는 인간, 그 여자가 방금까지 무슨 말을 했는지 알고도 지금처럼 헤실거릴 수 있겠어?

“아, 맞다. 연극배우였다고?”

문득 떠올랐고, 약간의 충동으로 검색해 보고 싶은 마음이 들었다. 최종 오디션이 이러니저러니 했지만, 사실은 단역만 맡는 무명 배우 아니었을까.

휴대폰을 꺼내 ‘간자키 하나’를 검색한다. 예명을 썼다면 못 찾았겠지만, 다행히 본명으로 활동한 모양이었다. 지금보다 어린 간자키의 사진이 떴다.

“와, 대단하네.”

무심코 중얼거렸다. 어떤 작품에서 어떤 역을 한 것인지는 모르지만 프랑스 인형 같은 옷을 입은 사진, 짧은 머리에 빈티지한 탱크톱과 숏팬츠를 입은 사진도 있었다. 프랑스 인형 차림은 거짓말처럼 예뻤고 짧은 머리를 했을 때는 가늘게 쭉 뻗은 팔다리가 소년으로밖에 보이지 않았다. 호오, 진짜로 활동을 하긴 했네. 다로는 화면을 스크롤했다. 연극 관람이 취미인 사람의 블로그나 여성 연극배우를 쫓아다니는 남성의 트위터 계정도 몇 개 발견했다.

가벼운 마음으로 블로그 포스팅을 클릭한다. 다마짱이라는 닉네임의 여성은 소노무라 미레가 이끄는 ‘극단 소노무라’의 열렬한 팬이었던 모양이다. 열정이 큰 만큼, 이라고 해야 하나 포스팅 하나하나의 길이가 유난히 길었다.

〈탄생의 첫울음을 터뜨리다〉가 처음으로 무대에 오른 지도 벌써 2년. 눈 깜짝할 사이에 흘러간 2년이었다. 난 지금도 질리지 않고 DVD를 수없이 돌려본다. 그리고 생각한다. 이즈미의 유키도 좋지만, 그녀가 연기한 유키를 부정할 생각도 없지만, 나는 분명 하나의 유키가 보고 싶었다. 하나는 소노무라 미레 키즈들 중에서도 소노무라의 작품을 제일 잘 이해했을 뿐 아니라(이 내용은 〈간자키 하나에 대해 논한다〉의 포스팅을 참조해 주세요) 무서울 정도로 자신에게 엄격한 노력가다. 분명 굉장한 유키를 선보였을 것이다. 몇 번이나 반복해 말하지만 (실친들 모두가 목이 빠질 정도로 고개를 끄덕이고 있다ㅋㅋ) 소노무라 미레는 하나를 염두에 두고 유키라는 여성 캐릭터를 만든 게 아닐까, 생각한다. (책상을 쾅 내리치며!) 분명 그럴 것이다. 다른 의견은 안 받는다. 그도 그럴 것이, 하나는 소노무라 미레가 그린 강인하고 씩씩한, 추하면서도 아름다운 여성상을 구체화할 수 있는 유일한 사람이니까. 작품에 대한 그녀의 깊은 이해와 꾸준한 노력에 대해 소노무라 미레도 높게 평가했으니 틀림없다(책상 쾅)!

하나가 유키 역의 최종 오디션장에 오지 못했던 이유는 공개되지 않았지만, 최근에 몸이 많이 안 좋았다는 소문이 여

> 기저기서 들리고 있다. 하나 성격에 오디션을 펑크 낼 정도면(폐렴에 걸려 열이 39도까지 올랐을 때도 무대에 섰고, 막이 내려가자마자 구급차에 실려 갔던 일화는 전설로 남아 있다☆) 얼마나 심각한 상태였을까… ㅠㅠ 원래 같았으면 소노무라 미레가 하나의 회복을 기다려 줬을 것이다. 하지만 소노무라 미레에게는 남은 시간이 얼마 없었다…. 아아, 운명은 왜 이렇게 잔혹한 걸까 ㅠㅠ, ㅠㅠ
>
> 소노무라 미레의 죽음으로 하나의 꿈은 영원히 이뤄질 수 없게 되었고 그녀는 실의에 빠진 채 은퇴해 버렸다. 운명의 장난이 훌륭한 배우의 목숨을 앗아 간 것이다. 2년이 지난 지금도, 난 여전히 하나가 아까워서 눈물이 난다. 흑흑흑 ㅠㅠㅠㅠ

두 번이나 글을 다시 읽었다. 그러고 나서 링크가 걸려 있는 '간자키 하나에 대해 논한다' 포스팅을 클릭해 봤다. 다마짱은 간자키 하나라는 연극배우가 얼마나 매력적인지, 얼마나 열심히 노력했는지 열광적으로 써 놓았다.

> 배우의 퇴근길을 기다리다 기적을 경험했다! 하나를 만났다! 대화도 했다! 너무 흥분한 나머지 수상하게 굴던, 그저 감사합니다만 연발하던 나를 하나는 정중하게 대해 줬다.

엄청 예쁘다! 말도 안 되게 사랑스러워! 똑같은 인류라는 걸 믿을 수 없을 정도로 무척이나 가냘픈 몸! 아, 살아 있길 잘했어. 이제 죽어도 여한이 없다고…. 맞다, 잠깐. 나, 꼭 물어봐야 할 것이 있잖아! 하나에게 질문을 던졌다. 지금껏 수많은 최애에게 물어봤던 그 질문.

꿈이 뭐예요?

TV? 아니면 영화? 할리우드 진출이라고 답한 사람도 있었고, 정치가라고 말한 사람도 있었다. 다둥이 아빠인 배우(여기서 퀴즈! 누구일까요ㅋㅋ)는 요나구니섬에서 산장을 운영할 거라고 답해서 날 엄청나게 웃게 했지.

배우의 개성이 그대로 드러나는 이 물음에 하나는 '소노무라 미레의 작품에서 주역을 맡는 것'이라고 망설임 없이 대답했다. 몇 년 동안 그것만을 목표로 달려왔어요, 라고. 나도 모르게 울 뻔했다. 이러면 평생 덕질할 수밖에 없잖아!!!! 프로포즈할 수밖에 없다고~!!!!(죄송합니다, 실제로 하진 않았으니 안심들 하세요ㅋㅋ) 근데 진심으로 그러고 싶어질 정도로 멋진 미소, 멋진 대답이었다. 난 언젠가 하나가 주역을 맡을 날이 올 거라고 믿어 의심치 않는다. 그날이 오면 커다란 꽃다발을 안겨 주러 갈 거야!!

다마짱의 블로그 구석구석에 배우 간자키 하나의 모습이

있었다. 블로그의 댓글도 간자키 하나의 은퇴를 안타까워하는 내용으로 가득했다. 그 댓글들을 몇 번이고 다시 읽었다.

아아, 하나 씨는 미도리 씨를 위해 꿈을 포기한 것인가.

다마짱과 다마짱의 주변 사람들이 말하는 간자키 하나는 꿈과 희망이 넘치는 근사한 연극배우였다. 그리고 꿈이 현실이 되기 직전이었다. 지금 놓치면 두 번 다시 오지 않을 기회. 그런 소중한 순간에 자신의 꿈을 포기할 수밖에 없었다.

얼마나 많은 고민을 했을까. 얼마나 괴로웠을까. 다로의 상상을 뛰어넘을 정도의 고뇌가 있었음이 틀림없다.

휴대폰을 주머니에 찔러 넣고, 다로는 눈을 꼭 감았다.

"충분히 많은 걸 가졌다고? 그럴지도 모르지. 남들이 보기엔."

조금 전, 당신도 충분히 많은 걸 가졌다고 말하려던 순간 그녀가 했던 말을 떠올린다. 내가 던진 말이 얼마나 잔혹했을까. 오직 하나뿐인 꿈을 잃었다는 건 모든 걸 잃은 것과 마찬가지가 아닐까.

눈을 뜨고, 간자키를 찾는다. 간자키는 아까 대화하던 남자와 더 이상 함께 있지 않았다. 다로와 정반대에 있는 의자에 앉아 지루한 듯 하늘을 올려다보고 있었다.

"저, 하나 씨."

가까이 다가가자 "왜" 하고 흘겨보듯 올려봤다.

"아까 못다 한 설교라도 하려고?"

"아니, 저, 아무것도 모르는 주제에 함부로 떠들어서 죄송했어요."

다로가 고개를 숙였다.

"사정이 있었을 텐데, 미안합니다."

"뭐야, 갑자기. 부담스럽게."

"인터넷으로 하나 씨가 연극배우로 활동하던 때의 얘기, 찾아봤어요."

고개를 들자, 간자키가 으엑, 하고 벌레 씹은 얼굴을 하고 있었다.

"정말이지 이런 시대가 너무 싫다니까. 징그러워. 뭐든 바로바로 찾아내잖아. 대체 개인 정보 보호법은 어떻게 된 거냐고."

"저… 미도리 씨 수술 때문에 최종 오디션을 포기한 건가요?"

으으엑. 간자키는 한층 더 인상을 찌푸렸지만 다로가 진지한 얼굴로 진득하게 바라보자 결국엔 포기했는지 "그랬지…" 하고 한숨 섞인 답을 뱉었다.

"언니가 아픈 걸 알았을 때 엄마는 눈물 바람이었고 아빠는 망연자실했어. 물론 나도 충격이었고. 대단히 사이좋은 자매는 아니었지만 그렇다고 서로 미워하지도 않았으니까."

앉지 그래? 옆에 있는 의자를 가리키자 다로가 주뼛거리며 자리에 앉았다. 간자키는 북적이는 눈앞의 광경을 지켜보며 이야기를 이어 갔다.

"적합 판정을 받았을 때는 정말로 안심했어. 살 수 있구나, 너무 다행이다. 그런데 병원에서 정해 준 일정을 보고 등줄기가 서늘해지더라. 최종 오디션 날이랑 완전히 겹쳐 버린 거야. 그때 소노무라 선생님은 투병 중이었고 스태프들은 소노무라 선생님이 세상을 떠나기 전에 꼭 무대를 완성시켜야 한다고 일치단결한 상태였어. 내 사정 같은 걸 말할 수 있는 상황이 아니었지. 그래서 언니 목숨과 내 꿈을 저울질할 수밖에 없었어."

와아, 하고 멀리 떨어진 무리가 신이 나서 웅성대는 소리가 들렸다. 행사장 직원이 큼지막한 웨딩 케이크를 조심스럽게 가져오고 있었다. 여러 가지 과일로 호화스럽게 장식된 케이크 주변으로 사람들이 모여든다.

"아무도 내 고통엔 관심이 없었어. 내가 적합 판정을 받은 게 기적이라며 기뻐하기에 바빴지. 모두가 언니의 병이 얼른 낫기만을 기도했어. 엄마는 그렇게나 좋아하던 단것을 먹지 않겠다고 다짐했고, 니히코는 건강을 되찾는 대로 결혼하자면서 데릴사위든 뭐든 하겠다고 했어."

쓰윽, 케이크 위로 칼이 올라간다. 누군가의 목소리가 들리자 플래시가 쏟아진다. 즐거워 보이는 사람들을 바라보며 간자키가 담담하게 읊조렸다.

"언니는, 아무것도 잃지 않아. 지금 당장은 힘들지 몰라도 앞으로 쭉 행복하게 살 거야. 하지만 난 잃겠지. 수년 동안 소중하게 품어 왔던, 이루기 위해 필사적으로 노력해 온 꿈을 잃게 돼. 그러니 언니가 가진 것 중 하나쯤은 뺏어 와도 된다고, 그렇게 생각했어."

칼이 케이크 깊숙이 들어간 순간을, 플래시와 목소리로 알 수 있었다. 축하해! 여기저기서 축하 인사가 터져 나왔다.

"그래서 쓰기 씨한테…."

"그래. 니히코는 날 경멸하는 눈으로 봤지만, 큰일을 위해 어느 정도의 희생은 감수할 수밖에 없잖아? 단 하룻밤만이라면서 받아들이더라."

"최종 오디션에 관한 얘기라든가, 그런 건…."

"말해서 뭐해. 어찌 됐든 미움받을 수밖에 없는 제안을 했으니 이쪽 사정 같은 건 얘기할 필요가 없지."

말해 봤자 아무 소용도 없는걸. 작디작은 목소리로 덧붙인 말이 애달프게 흩어져 버린다.

"뭐랄까, 다들 면목 없어질 얘기네요."

입안 가득 퍼지는 씁슬한 기분에 다로는 입술을 삐죽였다. 그런 다로에게 간자키가 "그렇지?" 하고 답했다.

"적어도 나한테는 좋은 일이 하나도 없었어. 나란 인간에 대한 사람들의 평가만 안 좋아졌지. 죽고 싶을 정도의 허무함은 조금도 나아지지 않았어. 누굴 끌어내린다고 해서 내가 구원받는 건 아니니까. 자신의 위치는 바뀌지 않아. 하지만 그땐 아무것도 안 하고 추락하는 걸 스스로 납득할 수가 없었어. 지금도 그때 어떻게 하는 게 정답이었는지 몰라."

간자키의 행동은 칭찬받을 만한 것이 아니다. 하지만 다로는 그녀를 단죄할 수 없다고 생각했다. 적어도 자신에게는 간자키를 비난할 권리가 없다.

나라면 어떻게 했을까. 다른 사람을 위해 꿈을 버려야 한다면. 오직 단 하나의 꿈을. 그럴 때 나라면 어떤 생각을 했을까….

아니, 그만하자. 포기해야 한다는 사실에 절망할 정도로 간절한 꿈을 가져 본 적도 없는 내가 간자키의 기분을 알 수 있을 리 없다. 이해한다고 착각하면 안 된다.

그럼 도대체 이 사람의 슬픔은 누가 돌봐 주었는가.

그 순간, 폭죽이 터졌다.

"마사토 씨가 미도리 씨에게 건네는 케이크의 첫 번째 조각!"

시선을 돌리자 흩날리는 종이 리본과 꽃가루 아래, 미도리가 포크에 꽂힌 커다란 케이크를 한입 가득 머금고 있었다.

코끝과 뺨에 하얀 크림을 묻힌 미도리는 무척이나 행복한 얼굴이었다. 그 미소를 본 다로가 간자키에게 시선을 돌린다. 간자키는 온화한 표정으로 언니 부부를 바라보고 있었다. 무릎 위의 두 손이 소리 없는 박수를 친다.

"아."

마치 난해한 퍼즐이 생각지도 못한 타이밍에 맞춰질 때처럼 갑자기 쿵, 하고 가슴속에 내려앉는 것이 있었다. 다로는 "뭐야, 그런 거였어?" 하고 중얼거렸다. 조금, 울고 싶어졌다. 간자키는 "갑자기 왜 그래"라며 의아한 표정을 지었다.

"뭔데. 설마 저 장면 보고 감동한 거야?"

"아니, 감동받은 건 맞는데…. 이제야 알겠네요. 하나 씨의 목적은 쓰기 씨랑 미도리 씨를 마주치게 하는 게 아니었어요. 그저, 쓰기 씨한테 행복한 미도리 씨를 보여 주고 싶었던 것뿐이죠. 그렇죠?"

"뭐어?"

간자키는 눈살을 찌푸렸지만, 두 뺨이 빨갛게 물들고 있었다.

"그런 걸 어떻게 아는데?"

"이제 와 더듬어 보니, 조금만 생각해 봐도 알 수 있었는데. 쓰기 씨가 이 사실을 알았다면 축복해 줬을 거예요, 분명히."

간자키가 보내는 조용한 축복을 보고 깨달았다. 쓰기 씨였다면 똑같이 축복해 줬을 터였다. 그 사람이라면, 헤어진 연인이 행복해졌다는 사실에 분명 기뻐했겠지. 그녀에게 폐를 끼칠 만한 행동은 절대 하지 않을 것이다. 슬프게 만드는 일은 더더욱.

"난 하나 씨를 악녀라고 생각했었거든요. 그런 생각에 빠져 있느라 이 단순한 사실조차 눈치채지 못했어요."

"은근슬쩍 욕을 하네? 그리고 그 사람이 어땠을지 어떻게 알아?"

"아뇨, 쓰기 씨에 관해서는 저, 꽤 자신 있어요."

당당하게 가슴을 펴고 하는 말에 "혹시 니히코 팬이야? 짜증 나네" 하고 싫증 어린 표정을 지었다.

"옛날부터 그랬어. 니히코를 편드는 남자들이 너무 많다니까. 나 때문에 언니랑 헤어졌다는 소문이 돌 때도 니히코 씨가 그렇게 쉽게 넘어갈 리 없다고 난리 치는 놈들이 있었지."

"아, 그건 그렇죠. 저도 이해해요."

다로도 처음에는 자기 귀를 의심했다. 고개를 주억거리는 모습에 간자키가 "아, 짜증 나, 정말" 하고 고개를 돌렸다.

그 옆모습을 보며 다로가 "제 말이 맞죠?" 하고 물었다. 간자키는 대꾸하지 않았다. 한동안 기다리고 있었더니 간자키가 "너, 사람들한테 집요하다는 얘기 안 들어 봤어?" 하고 중얼거리듯 묻는다.

"모르겠는데요? 그냥 하나 씨는 제가 이러면 결국엔 답해 줄 거 같은 느낌이 들어서요."

"안 할 건데?"

오랫동안 다로는 간자키를 바라보았다. 역시 화를 내려나, 생각하고 있는데 간자키가 "언니는 다음 행복을 찾았으니 니히코도 그랬으면 좋겠다고 말하고 싶었을 뿐이야." 조그만 목소리로 읊조리듯 말했다.

"다정한 사람이군요."

"다정하다니, 그럴 리가. 정말 다정한 사람이었으면 그런 바보 같은 제안을 했겠어? 정말 다정했으면 당일에 이럴 게 아니라 더 일찍 연락했겠지. 다정한 사람이 아니니까 오늘이 될 때까지 아무것도 안 하고 있었던 거야."

거짓말. 다로는 생각했다. 분명 고민하고 또 고민하느라 섣불리 행동하지 못했을 것이다. 기억을 더듬어 보면, 가게에 들어서던 순간 간자키는 몹시 무서운 얼굴을 하고 있었는데 그조차 긴장의 증거였을 터였다.

간자키가 서서히 고개를 돌린다. 언짢은 얼굴이었지만 진짜로 화가 난 것이 아님을 알 수 있다.

"그러니까 네가 오늘 있던 일을 전해 줘. 괜한 짓을 한 걸지도 모르지만."

다로는 저도 모르게 웃고 말았다. 왠지, 기뻤다. 그녀가 자신을 여기로 데려온 이유는 쓰기에게 전 여자 친구의 행복한 모습을 보여 주고 싶었기 때문이었다.

"뭘 히죽거리고 있어."

"아… 하나 씨는 좋은 사람이네요."

"아니라고 했잖아. 그냥 두 발 뻗고 못 잘 것 같아서 그런 것뿐이야."

일부러 그런 건 아닌데 자연스레 웃음이 흘러나왔다. 생각해 보니 간자키의 말과 행동에는 그녀가 좋은 사람임을 짐작하게 하는 요소들이 여기저기 묻어 있었다.

간자키가 "이제 슬슬 갈까?"라며 자리에서 일어섰다.

"여기 있어 봤자 주변 사람들이 신경만 쓸 거고, 목적은 이미 달성했으니까. 모지항까지 데려다줄게."

갈 때와는 전혀 다르게 돌아오는 차 안에서의 대화는 흥미진진했다. 간자키가 좋아했던 극단의 작품 DVD 영상을 틀어 놓고 "이거 재밌네요", "당연하지. 내가 추천한 작품인데" 같은 이야기를 나눴다. 간자키의 독자적인 해석은 흥미로웠고 "이건 어떤 의미예요?" 하고 물으면 "여기는 셰익스피어의 작품 〈리어왕〉의 오마주야" 같은 답이 곧바로 돌아왔다. 가는 동안은 1초라도 빨리 도망가고 싶다는 생각에 시계를 노려보곤 했지만, 돌아오는 길은 깜짝 놀랄 정도로 순식간이었다.

텐더니스 모지항 고가네무라점의 주차장에 들어서자, 가슴께에 뻥 하고 구멍이 뚫린 기분이 들었다.

"오늘은 고마웠어. 그럼, 니히코에게 잘 전해 줘."

"아… 이런저런 재미있는 얘기, 감사했습니다."

왠지 모르게 무척 쓸쓸한 기분이 들었다. 이걸로 끝인가, 하는 생각이 드는 건 어째서일까.

"아, 일당 줘야지. 잠깐만 기다려."

핸드백을 찾는 간자키에게 다로는 "재킷 사 주신 걸로 충분해요"라고 답했다. 한순간 연락처로 대신해도 괜찮은데, 라는 생각도 했지만…. 아니야, 연락처를 왜 알고 싶어 해! 정신을 차리고 힘주어 목구멍을 조였다.

간자키는 "그건 그거고. 아무튼 이건 받아 둬"라며 작은 봉투를 꺼내 "이 돈으로 괜찮은 연극이라도 한 편 봐" 하고 억지로 쥐여 준다. 다로는 느릿느릿 봉투를 받아, 느릿느릿 차에서 내렸다. 평소에는 인식조차 하지 못하던 바닷바람의 냄새가 코끝을 스쳐 가는 것이 느껴진다. 아아, 이제 일상으로 돌아왔구나.

"이제 두 번 다시 안 올 테니까, 안심해."

"안 오신다고요?"

"그래야지. 니히코도, 에루짱도 싫어할 거고. 그럼, 그렇게 알고. 잘 있어, 다로 군."

바이바이, 간자키가 미소 짓는다. 그 웃는 얼굴을 보니 어쩔 수 없이 헤어지는 게 섭섭해져서 다로는 "아! 저기!" 하고 자신의 가방을 뒤졌다.

"괜찮으시면 이거!"

오전에 샀던 머리핀이 생각난 것이다.

"지인이 파는 거라 하나 사 줬는데요."

"나 주는 거야?"

"친구의 여자 친구의 친구라고나 할까, 멀고 먼 관계의 지인이, 그게 그러니까…."

포장을 푼 간자키가 "어머, 귀여워라" 하고 말했다.

"내가 하기엔 과하게 귀여운 것 같기도 한데. 정말 내가 가져도 돼?"

"아, 네. 빡빡머리인 제가 쓸 것도 아니고 괜찮으면 가져가세요."

우물거리며 말하는 다로의 눈앞에서 간자키가 핀을 머리에 꽂았다. 하얗고 작은 이마가 드러났다.

"아직 날이 더워서 쓸모가 많을지도 모르겠는데? 고마워. 그럼 잘 지내!"

싱긋 웃어 보인 간자키가 망설임 없이 발길을 돌렸다. 다로는 그 모습을 그저 바라볼 뿐이었다.

*

이상하다.

이상해, 이상하다고.

이제는 입버릇이 된 게 아닐까 싶을 정도로 이상하다는 말을 반복한 지 벌써 사흘째. 다로는, 병들어 가고 있었다.

간자키와 헤어진 그날 이후로 간자키의 모습이 머릿속을 떠나지 않는다. 대학 캠퍼스에서 스쳐 가는 여성들(냉정하게 생각해 보면 간자키일 리가 없는데)이 모두 간자키로 보여 쓸데없이 심장이 두근거렸다. 누가 말이라도 걸라치면 과장이 아니라 정말로 펄쩍 뛸 듯 놀랐다.

이게 뭐야.

걷기만 해도 생명력이 싹싹 깎여 나가는 기분이 들었다. 자고 있을 때도 마찬가지다. 눈을 감으면 그날의 간자키의 이런저런 모습이 멋대로 재생되었다. 게임에 비유하자면 저주에 걸린 상태랄까.

이날은 아르바이트도 엉망이었다. 평소 같으면 아무렇지도 않게 했을 일들이 유독 힘들게 느껴졌다. 간자키와 같은 향수를 뿌린 손님이 나타났을 때는 심장이 찢어질 뻔했다. 그 향수 이름이 무엇인지 궁금증을 도저히 참을 수가 없어 같이 근무하는 무라오카에게 "이 향수, 어떤 브랜드 건지 알아?" 하고 물어볼 정도였다.

"히로세 군, 저 손님 같은 타입 좋아하지? 의외로 연상 취향이라니까."

무라오카한테는 이런 의심을 샀고, 근무 시간이 겹치는 나카오는 "말해 봐, 지난번에 대체 무슨 일이 있었던 거야. 응? 무슨 일이었는데?"라며 호기심 귀신 같은 얼굴을 하고 끈질기게 물었다. "아니, 아무것도 할 얘기가 없어요"라고 얼버무렸지만 자연스럽게 그날의 이런저런 일들이 떠올라 가슴이 아파 온다. 아아, 나 정말 저주받았나 봐.

저녁 시간까지 좀비처럼 일을 하다 집에 갈 채비를 하던 차였다. 석양이 번지는 텐더니스의 주차장에 무엇이든 맨의 트럭이 들어섰다.

예전보다 수염이 조금 더 자란 듯한 쓰기 씨가 운전석에서 내려 "크으으" 소리를 내며 크게 기지개를 켠다. 쓰기가 가게 앞에 우두커니 서 있던 다로를 발견하고는 "오, 오랜만이네!" 하고 히죽 웃었다.

"잘 지냈어, 히로세 군? 여기저기서 선물 사 왔다고!"

그 웃는 얼굴에 다로는 눈물이 날 것 같았다.

"쓰, 쓰기 씨! 하아, 보고 싶었어요!"

"어? 무슨 일이야."

"됐으니까 어디든 둘만 있을 수 있는 곳으로 좀 가요! 지금 당장요!"

때마침, 오랜만에 나타난 쓰기를 발견한 나카오가 불쑥 가게 밖으로 나오려다 무방비 상태에서 들은 충격적인 대사에 "세상에, 이런 전개라니. 뭔가 잘못된 거 아냐?"라며 몹시 흥분한 모습으로 다급히 몸을 돌렸다. 이 사실을 다로도 알고 있는지는 알 수 없지만.

쓰기는 머리를 긁적이며 "무슨 일인지 모르겠지만, 그럼, 드라이브라도 할래?"라며 미니 트럭의 조수석을 가리켰다.

"네, 근데 주에루짱은요? 같이 갔었잖아요."

"유후인에서 비슷한 나이대의 친구 두 명을 만났거든. 한 명이 와카마쓰에 산다더라고. 그 친구 차 타고 온대."

"호오, 친구요? 그러고 보니 또래 친구가 별로 없었죠."

"어, 잘된 일이지. 아마 그런 친구가 그리웠을 거야. 두 사람을 얼마나 좋아하던지. 지금까지 친구라고는 히로세 군 정도밖에 없었잖아. 뭐, 히로세 군은 친구라기보다는 다섯째 오빠 같은 느낌인지도 모르지만."

"오빠요?"

"그런 느낌 아닌가? 그동안 잘 받아 줘서 고마워. 자, 그럼, 와후가리 공원 근처라도 가 볼까?"라고 말하며 운전을 시작했다.

해 질 무렵의 바닷가는 붉은색과 푸른색이 끝없이 뒤섞여 있었다. 어디서부터 이야기해야 할지 망설여졌지만 다로는 "저기, 저. 얼마 전에 간자키 하나 씨를 만났어요" 하고 입을 열었다. 앞을 바라보던 쓰기가 잠시 사이를 두고 "허어" 하는 소리를 흘렸다.

"예상치 못한 조합이네. 어쩌다가?"

"미도리 씨의 결혼 파티에 같이 갔었거든요."

핸들을 쥔 쓰기의 손가락이 움찔거렸다.

"사실 하나 씨는 쓰기 씨를 데려가고 싶어 했어요. 쓰기 씨를 찾으러 텐더니스에 왔었죠."

다로는 우연히 그 자리에 있었다는 이유로 하카타까지 따라가게 된 사연과 파티장에서 봤던 미도리의 모습 등을 쓰기에게 잘 전해지도록 차근차근 풀어놓았다. 쓰기는 잠자코 그 이야기를 들었다. 그러고는 부드러운 한숨을 내쉬었다.

"그래, 행복해 보였다고?"

"네, 무척이나요."

"다행이다."

작게 고개를 끄덕인 쓰기의 표정은 한없이 온화했다.

"히로세 군이 나 대신 가서 보고 와 줬구나. 고마워."

"아뇨, 저는 그냥 어쩌다 보니. 하나 씨가 그, 저기, 못된 생각으로 그러려고 한 게 아니고…. 이번에도 그렇고 저번에도."

대체 어떻게 설명해야 제대로 전달될까? 쓰기는 간자키를,

예전의 그 일을 어떻게 생각하고 있을까.

신호가 빨간불로 바뀌었다. 조용히 브레이크를 밟은 쓰기가 "그때는, 정말 끔찍한 짓을 하고 말았어. 죽을 때까지 그때 내가 저지른 일을 잊지 못할 거야" 하고 말했다.

"히로세 군은 하나한테 들은 건가?"

"도너의 조건 말인가요. 그 얘기라면, 네."

"후우, 난 그때 미도리를 살려야 한다는 생각밖에 없었어. 하나가 있으면 미도리가 산다, 그것밖에 안 보였지. 하나가 거래하자고 했을 때 귀를 의심했어. 하지만 간자키 집안에는 자매를 차별하는 분위기가 있었지. 집안을 이을 장녀라면서 미도리를 더 예뻐했거든. 언니와의 차별 때문에 하나가 그런 바보 같은 일을 벌인 거 아닌가 싶어서 안쓰럽기도 했어."

다로는 요코의 태도를 떠올렸다. 그녀가 두 딸을 차별한다는 사실을 그 잠깐 새에도 느낄 수 있었다.

"그런 하찮은 일로 만족할 수 있다면야 원하는 만큼 안아주겠다는, 그런 심한 말을 해 버렸어. 하나는 금방이라도 울 것 같은 얼굴을 했지만, 끝까지 눈물 한 방울 흘리지 않았어."

파란불로 바뀌자, 자동차가 서서히 출발했다.

"하지만 그 직후에 도너가 되기 위해 하나가 오디션을 포기했다는 얘길 들었어. 하나랑 같은 극단의 동료가 알려 주더라. 당신만이라도 하나가 뭘 잃었는지 알았으면 좋겠다고,

눈물로 호소하더라고."

"아… 알고, 계셨군요."

"알고 있었어. 하나가 오랫동안 날 좋아했다는 것도."

다로가 가만히 눈을 감았다. 그랬을 거라고 생각했다. 그 사람은 쓰기를 향한 마음에 대해 한마디도 하지 않았지만 쓰기 이야기를 할 때의 얼굴과 목소리에는 미처 숨기지 못한 특별한 빛깔이 있었다.

"극단 친구 말로는, 하나가 평생 이 사실을 비밀로 하려고 했대. 나도 그렇게 믿어. 미도리가 아무 일 없이 건강했다면, 어떤 문제도 없었다면, 그 애는 결코 자기 마음을 강요하지 않았을 거야. 그렇게 난 모든 걸 알고도, 모든 사실을 알면서도, 오직 미도리가 살았으면 좋겠다는 생각에 다 모른 척했어."

앞서 달리던 트럭이 빵빵 하고 짧게 클랙슨을 울렸다. 아는 사람의 트럭이었는지 맞은편에서 달려오던 트럭도 거기에 답하듯 클랙슨을 울린다.

"비겁했지. 모든 걸 숨기고 강한 척하는 하나에게 어리광을 부린 거야."

자동차는 와후가리 공원의 제2 전망대에 도착했다. 두 사람은 바다 쪽 주차장에 차를 세우고 밖으로 나왔다. 히비키나다(기타큐슈 와카마쓰구에 위치한 해역—옮긴이)의 태양이 눅진하게 녹아내리고 있었다. 낮의 색을 모두 섞어 놓은 듯한 바다 위를 간몬교가 가로지르고 있었고 그곳을 건너는 자동차의 불빛이 줄을 지었다. 그 맞은편에는 시모노세키의 거리 풍경이 빗방울이 되어 떠다니고 있었다.

"무섭더라고."

눈앞에 펼쳐진 풍경을 바라보며 쓰기가 말했다.

"소중한 사람이 죽을지도 모르는 상황을 처음 겪으니까. 깊은 어둠에 삼켜진 기분이 들었고, 겁에 질린 채로 두려움에 떨었어. 냉정을 잃지 않으려고 노력했지만 실은 조금도 냉정하지 못했어. 많은 걸 알고 있었는데, 많은 걸 할 수 있었는데… 한심하지. 미도리가 생명을 되찾고, 하나가 미도리에게 모든 걸 털어놓은 후에는 자신이 얼마나 무력한지 더욱 절감할 수밖에 없었어. 결국 나는 아무것도 하지 못했고, 도움이 되긴커녕 나 때문에 두 사람 사이에 없어도 될 금이 생겼지. 미도리가 울면서 당신이랑은 이제 만날 수 없다고 하는데 그래, 그럴 수밖에 없겠지, 싶더라. 자신이 생사를 오가고 있는 중요한 순간에 애인이라는 사람이 그런 한심한 짓을 저질렀으니. 나 같아도 그딴 놈 만나고 싶지 않을 거야."

"그렇지 않…."

"아니, 그럴 거야. 결국 그렇게 난 두 사람으로부터 도망쳤어."

"하나 씨는 그렇게 생각하지 않을 거예요. 언니가 다음 행복을 찾았으니 니히코도 그랬으면 좋겠다고 그렇게 말했어요."

슬쩍 고개를 돌린 쓰기가 "하나가 그런 말을 했어?" 하고 묻는다. 고개를 끄덕이자 "너무 착하다니까" 하고 곤란한 듯 웃었다.

"그 애는 얼마든지 날 욕해도 되는 사람인데."

"욕하지 않아요."

"그렇겠지. 하나는 언제나 입을 다물어 버리니까. 말하고 싶은 것, 말해도 되는 것, 말해야 하는 것조차 다른 사람의 기분을 생각해서 삼켜 버리거든."

아아, 역시 대단하다. 다로는 생각했다. 이 사람은 제대로 지켜보고 있었어. 상대를 이해하려고 애쓰고 있어. 이런 사람조차 잘 풀어내지 못한 일이 있다니….

낮보다 차가운 바람이 불었다. 며칠 전까지는 폭풍 같았는데 지금은 뺨을 살짝 어루만지고 흩어져 버리는 산들바람이 느껴진다.

"미도리, 행복해 보였구나. 왠지 안심이 되네."

쓰기가 흘리듯 중얼거렸다.

"난 미도리를 행복하게 해 주지도 못했고 울리기만 하고 헤어져서 늘 마음에 걸렸거든. 이제 마음이 놓여."

"그러…게요."

"하나에게도 행복을 나눌 사람이 생기면 좋을 텐데."

"만나 보는 게 어때요. 하나 씨는 아직 쓰기 씨를…."

말을 꺼내는 순간, 다로의 가슴이 꽉 조여 왔다.

"아니, 그 애를 행복하게 해 줄 사람은 내가 아니야."

쓰기가 하늘을 올려다본다.

"그럴 수 있었다면 그때, 그런 길을 택하진 않았을 거야. 무엇보다 그렇게 좋은 사람한테 나 같은 건 어울리지 않아."

다로가 쓰기를 따라 하늘을 올려봤다. 별들이 작게 반짝이고 있었다. 아마 내일도 맑을 모양이다.

"누군가를 행복하게 만든다거나 함께 살아가는 일 같은 건 난 못 해. 자신이 없어. 하지만 한편으론 그런 상대를 찾아다니고 있는 듯한 기분도 들어. 무슨 짓을 해서라도 옆에 두고 싶은, 내 손으로 행복하게 해 주고 싶다고 빌게 되는 그런 사람을, 어디선가 찾고 있는 걸지도 모르지."

"쓰기 씨도 그런 생각을 하는군요."

"가끔 하지. 지금은 어쩔 수 없이 그런 생각이 더 많이 드네."

쓰기가 무척 가깝게 느껴진다. 아아, 이 사람도, 이렇게 몸부림치는 일이 있구나.

"그런 사람과는 어떤 느낌으로 만나게 될까요?"

"글쎄, 내 감각에 빗대자면 상대에게 감염되는 것 같은 느낌 아닐까?"

감염. 슬쩍 쓰기를 바라보자 쓰기는 “크으” 하고 두 팔을 뻗어 기지개를 켠다.

“그 사람에게 세포 구석구석까지 영향을 받아 온몸으로 상대를 원하게 만드는. 그런 사람이 있는 거겠지. 어디까지나 막연한 감일 뿐이지만.”

“감염, 감염이라….”

되뇌던 다로는 갑자기 모든 게 이해되기 시작했다. 이윽고 심장이 크게 뛴다. 자, 잠깐, 잠깐만 기다려 봐. 그러니까 저주인 줄 알았던, 이 느낌이.

“왜 그래, 히로세 군. 얼굴이 벌건데 어디 아픈 거 아냐?”

“아니… 저기, 괘, 괜찮아요.”

쓰기에게는 도저히 말할 수 없다. 그러나 자각하고 말았다.

나, 하나 씨에게 빠져 버렸구나.

틀림없다. 착각이 아니다. 어떤 변명도 할 수 없을 정도로 간자키 하나를 좋아한다.

으아, 정말이야? 이런 게 ‘좋아해’의 감정이라고? 젠장. 이렇게 압도적인 느낌인 줄 몰랐잖아!

여태까지 내 안에 존재한 적 없던 강렬함과 뜨거움이 뒤섞인 감정, 어째서 지금껏 깨닫지 못한 건지 황당할 정도로 커다란 감정에 어쩔 줄을 모르겠다. 뭐야, 이렇게 엄청난 감정인 줄 알았다면 주에루를 향한 마음은 그런 게 아니라는 걸

금방 확신했을 거 아냐!

조금 전 쓰기 씨가 주에루의 '오빠' 같은 존재라고 말했을 때도 어느 정도 납득했다. 형제가 없어 간단히 형용할 수 없는 감정이었지만, 가족을 생각하는 마음에 가깝다는 생각이 들기는 했다.

이와 동시에, 엄청난 일이 벌어졌음을 깨달은 다로는 당황할 수밖에 없었다. 상대가 간자키 하나라고? 아무리 그래도 너무 무모하잖아. 게다가 두 번 다시 만나지도 못할 사람인데.

"어이, 히로세 군. 왜 그래, 돌아갈까?"

순식간에 체온이 상승했다. 간자키가 말했던 젖니가 나올 때 앓는 열병 같은 감각이다. 쓰기에게 안기다시피 해서 미니 트럭에 태워진 다로는 그렇게 자신이 사는 아파트까지 실려 갔다.

열병을 앓은 지 사흘째. 침대에서 괴로워하고 있는데 휴대폰이 울렸다. 전화 건 사람이 고가길래 학교를 빠져 걱정하는 건가 싶어 받아 보니, "저번에 액세서리 팔던 친구, 기억해?" 하고 다짜고짜 질문부터 던졌다.

"액세서리? 모지항 레트로 전망대에서 봤던, 그?"

"그래, 너도 하나 샀잖아."

"어어."

그러고 보니 그날 샀던 머리핀을 간자키에게 줬지. 빨간

천연석이 달린 디자인이 꽤 잘 어울렸지만 어쩌면 간자키에게는 조금 더 어른스러운 느낌이 훨씬…. 멋대로 내닫는 사고의 흐름에, 다로가 황급히 고개를 저었다. 위험해. 조금만 방심하면 금세 간자키를 생각한다.

"근데 왜?"

"아니, 그게… 그 친구가 물건 포장할 때 자기 메일 주소가 들어간 명함을 넣어 주거든. 그걸 보고 주문하는 사람도 있나 보더라고. 아무튼, 그랬더니 '다로 군한테 빨간 머리핀을 받았는데 혹시 연락처를 아시나요?' 하고 누군가에게 연락이 왔다는 거야."

이불을 걷어차며 벌떡 몸을 일으켰다.

"지, 진짜로?"

"저기 메이코, 이름이 뭐랬지? 어, 그, 간자키 하나? 씨래. 아는 사람이야?"

"알아!"

방금 전까지 손 하나 까딱하고 싶지 않았는데 갑자기 방방 뛰어다니고 싶은 충동이 솟구쳤다.

"당장 연락해. 내 전화번호 알려 줘도 된다고."

"뭐야, 무섭게 달려드네? 하나 씨랬나? 어떤 사람인데 그…."

"나중에 말해 줄게. 얼른!"

"어, 어어, 알았어."

전화를 끊은 다로는 이불 위에 정좌했다. 아, 미치겠다. 왜 내 연락처를 물어봤지? 미쳤네, 진짜. 하나 씨는 날 잊었을 거라고 생각했는데 기억하고 있다니.

정좌한 채로 한 시간쯤 흘렀을 때, 전화벨이 울렸다. 일 초 만에 전화를 받았더니 "뭘 이렇게 빨리 받아"라며 웃는 목소리가 들렸다.

"다로 군, 너무 바로 받는 거 아냐?"

"아, 아뇨! 저기, 그게."

"지난번엔 고마웠어."

웃음을 머금은 다정한 목소리가 들려온다. 와, 이것만으로도 죽을 만큼 기쁘다. 나, 정말 큰일 났구나. 이성이 툭툭 끊겨 나가는 기분이다.

"아, 그, 어쩐 일이세요?"

"이즈미 도모카짱한테 주연 무대 티켓을 받았거든. 그때 연극에 관심이 생긴 것 같길래. 같이 갈까 해서."

"갈게요."

믿을 수 없다. 꿈은 아니겠지. 의심하면서도 곧바로 답을 내놓자, 간자키가 "그럼 다음 주 금요일 저녁에 시간 비워 둬"라고 말했다. 하카타역에서 만나기로 약속한 뒤, 꿈을 꾸는 듯한 상태로 전화를 끊었다.

그날 저녁 텐더니스에서 아르바이트가 있어 출근해 보니

시바가 있었다. 막 목욕하고 나온 사람처럼 반들반들하고 말끔한 얼굴이었다.

"걱정시켜서 미안!"

"이제 괜찮으신 건가요?"

"너무 힘들었어…."

시바가 눈썹을 축 늘어뜨린다. 듣자 하니, 유명한 괴담에서나 들어 봤던 무서운 상황 속에서 며칠 밤을 보낸 모양이었다.

"그 괴담대로라면 온몸에 글씨를 써서 악귀를…."

"다들 떼로 몰려들어 나한테 글씨를 쓰려고 하는데, 무슨 도마 위의 생선이 된 기분이었다니까."

후우, 시바가 쓸데없이 요염하게 한숨을 내뱉자, 한동안 시바를 보지 못했던 팬들이 "하아…" 하고 덩달아 한숨을 쉬었다. "나도 제령사가 되어 볼까?", "그나저나 그 제령사들, 직권 남용 아니야?"라고 중얼거리는 목소리를 들은 다로는 아아, 이제 원래의 가게로 돌아왔구나, 하고 생각했다.

가게 안은 북적거렸지만 밤이 깊어지자 손님의 발걸음이 서서히 뜸해졌다. 오랜만에 업무에 복귀해 신이 나서 일하는 시바를 곁눈질하며 가게 안을 청소하고 있는데 쓰기가 홀연히 모습을 드러냈다.

"밋츠, 너 귀신 씌었었다며?"

"어, 그러니까 형. 보통 일이 아니었어."

"이치 형이 줬던 부적은 어쩌고. 그 형이 만들어 준 거 지니고 다니면 그렇게까지 위험할 일은 없었을 텐데."

"아니, 지니고 있었다니까? 아무래도 8년이나 지난 거라 효험이 떨어졌나 봐."

"허, 정말? 내 것도 그러면 큰일인데."

"주에루도 똑같은 말 하더라. 일단 새로 만들어 달라고 편지를 쓰긴 할 건데 이치 형 지금 어디에 있지?"

"모르지. 1년 전쯤엔 남미에 있지 않았어?"

여전히 끼어들어 한마디 하고 싶은 내용이 넘치는 대화를 나눈다. 오랜만에 둘이 이야기하는 걸 방해하고 싶지 않아 아무 말 않고 바닥만 닦고 있는데 "안녕, 히로세 군" 하고 쓰기가 말을 걸어왔다.

"몸은 좀 괜찮아졌어?"

"네, 폐를 끼쳐서 죄송했어요."

사과 메시지를 보내기는 했지만 직접 말할 수 있어서 다행이다. 고개를 숙여 인사하자 쓰기가 "아냐, 내 일에 얽히는 바람에 그랬던 걸 수도 있는데" 하고 답했다.

"그나저나, 그때는 몸이 안 좋아 보여서 얘기하려다 말았는데. 하나랑 나, 아무것도 아니니까."

민망하다는 듯 머리를 긁적이며 이야기를 이어 갔다.

"남녀 사이의 그런 거, 없다고. 하룻밤 같이 있었던 건 사실이지만 역시 될 리가 없잖아."

"네? 어? 아, 그, 왜 그런 얘기를 굳이 저한테."

궁금하지 않았다면 거짓말이지만 그래도 어째서. 놀란 표정을 본 쓰기가 "아니, 신경 쓸 거 같아서" 하고 대꾸한다.

"하나와의 일. 나중에라도 그 일로 불안해할 수도 있으니까 처음부터 말해 두자 싶어서."

"네? 어떻게 그걸."

"아, 그냥 히로세 군이 알아 줬으면 하는 것 같길래. 티가 너무 나던데?"

헉. 다로가 아연실색하며 쓰기를 본다. 쓰기는 "뭐야, 자각이 없었던 거야? 평소랑 달라도 너무 달랐다고" 하고 큭큭거렸다.

"뭐 아무튼 도와줄 수는 없겠지만 응원은 할게."

바짝 굳은 채 서 있는 다로에게 "그럼, 건강하게 지내"라고 한 손을 흔들어 인사를 한 쓰기가 자리를 뜬다.

"난 한동안 여행 좀 하고 올 테니까."

"네? 앗! 혹시 저 때문인가요?"

다급하게 뒤를 쫓으려던 다로를 향해 고개를 돌린 쓰기가 "오리지널 캐릭터, 생각해 내야지" 하고 답했다.

"주에루 때문에 아무것도 못 했어. 한 번 더 다녀올게."

"형, 응모 마감일 얼마 안 남았으니까 잊지 말고."

쓰기는 가게를 떠났고, 시바는 그를 배웅했다. 손을 흔들던 시바가 화들짝 놀란 얼굴로 돌아오더니 "히로세 군, 이리 와 봐, 얼른!" 하고 손짓한다.

다로는 대걸레를 손에 쥔 채 "왜 그러세요?" 하고 가게 밖으로 나갔다.

"저것 봐."

시바가 가리키는 하늘로 시선을 돌리자, 황금빛 달이 둥둥 떠 있었다.

"보름달이야! 하아, 가을의 달밤은 정말 아름답구나. 손님들한테 들었는데, 요 며칠 바람이 무척 거셌다며? 봄은 폭풍이 몰고 오는 거라고들 하지만 난, 모든 계절이 폭풍을 타고 오는 것 같아. 폭풍이 강한 기운으로 다음 계절을 데려오는 거지."

다로는 달을 올려다보며 시바의 이야기를 듣는다. 그러면서 맞는 말일지도 모른다는 생각이 들었다. 그날의 폭풍은 내게 새로운 계절을 데리고 왔다.

주차장에 손님을 태운 차가 들어올 때까지, 다로는 물끄러미 달을 올려다보고 있었다.

에필로그

○

이 마을을 떠나야만 한다. 하지만 도저히 떠날 수가 없었다. 이 마을에는 수많은 추억이 있으니까.

부모님과 손잡고 거닐던 바닷가, 친한 친구였던 노리코와 함께 다니던 학교, 오빠의 친구이자 내 동경의 대상이었던 기쿠이치 씨가 일하던 모지역. 시간이 흐르면서 거리의 풍경은 조금씩 바뀌었지만, 그래도 이 마을에 감도는 따뜻한 공기만큼은 언제나 한결같았다.

그렇지만 이제 슬슬 떠나야 한다. 나의 이런 집착을 버려야만 한다. 머리로는 충분히 알고 있다. 아아, 그렇지만 이 마을에 마지막 작별 인사라도 남기고 싶다. 지금까지 고마웠다고 전하고 싶어. 그래도 혼자 돌아다니며 이별을 고하는 건 너무 쓸쓸하겠지?

모지항 역사 구석에서 훌쩍훌쩍 울고 있는데 "무슨 일 있으세요?" 하고 말을 걸어오는 사람이 있다. 고개를 올려 바라보자 무척 고운 얼굴의 사내가 서 있었다. 마치 기쿠이치 씨를 더 다듬고 가꿔 빚어낸 듯 놀랍도록 아름다운 남성이.

"왜 이런 데서 울고 계세요?"

그는 내가 오늘 이 마을을 떠나야 한다는 사실에 슬퍼한다는 이야기를 듣고 "저라도 괜찮다면, 함께 시간을 보내도 될까요?"라며 미소 지었다.

"아휴, 어떻게 그래요. 이제 막 만난 사이인데 이렇게 급작스레 같이 시간을 보내다니요."

미안하잖아요, 라고 답하자 그가 쓸쓸한 표정으로 웃었다.

"제가 지금 막 실연당했거든요. 약속 장소에서 기다렸는데 아무래도 오지 않을 모양이에요."

어머, 나는 눈을 크게 떴다. 어떻게, 어떻게 이런 멋진 사내를 거절하는 괘씸한 작자가 있을 수 있지? 믿을 수 없다. 하지만 그는 "제가 다가가면 꼭 도망가더라고요. 저 참 못났죠" 하고 눈에 띄게 눈썹을 늘어뜨렸다.

"그렇다고 시간이나 때우려는 마음으로 드리는 말씀은 아니에요. 당신이 너무 쓸쓸해 보여서, 저도 모르게."

"고마워요. 서로의 쓸쓸한 마음이 통한 건지도 모르겠네요."

무심코 웃음을 흘리자, 그가 "그럴지도요" 하고 미소를 지었다.

변덕스럽게 마음을 바꾸는 스스로가 부끄러워질 정도로 심장이 뛰는 것을 느꼈다. 이렇게 아름다운 남성, 아니, 남성과 길을 걸었던 경험 자체가 없었다. 부모님의 뜻에 따라 결혼했던 그 남자는 예전부터 곁에 여자가 있었고, 나와 함께 거리를 걷는 일 같은 건 한 번도 없었… 어? 내가 결혼을… 했던가? 말도 안 돼. 나는 아직 학생, 이잖아? 어라? 애초에 내가 왜 꼭 이 마을을 떠나야 하는 거지? 무심코 양손을 펼치고 시선을 떨어뜨리며, 이런 생각을 했다.

나 뭔가 이상한데?

고개를 갸우뚱거리며 고민하고 있는데 남자가 “저는 시바라고 합니다. 당신은요?” 하고 질문을 던져 왔다.

“아아, 제 이름은 에리사와….”

입을 열다 화들짝 놀랐다. 에리사와라니, 누가? 나는 이누이 집안의 장녀잖아? 이상한 것투성이라 머릿속이 물음표로 가득하다.

“아아, 저는 이누이 가즈코라고 해요.”

느린 목소리로 자기소개를 한 내게 시바라고 자신을 소개한 남자가 “가즈코 씨, 잘 부탁해요”라며 하얀 이를 드러내며 웃었다. 그 순간, 심장이 쿵 하고 떨어지며 지금 이게 어떻게 된 일이든 상관없다는 생각이 들었다. 그도 그럴 것이, 내 인생에 이렇게 멋진 사람과 만날 기회는 두 번 다시 없을 테니까. 아아, 혹시 이건, 신이 선물해 준 기적이 아닐까.

"기적?"

자기 입으로 뱉은 말에 스스로가 놀랐다. 그러고는 손바닥을 바라본다. 옅은 분홍빛이 싸악 사라지더니 혈관과 뼈가 툭툭 불거진 버석한 손바닥으로 바뀌었다. 아, 그렇구나. 나, 죽었지. 나는 에리사와 집안에 시집을 갔고 스물아홉의 나이에 목숨을 잃었다. 그러니까 그때가 쇼와(일본에서 1926년 12월부터 1989년 1월까지 사용된 연호—옮긴이) 몇 년이었더라….

주위를 둘러본다. 내가 기억하는 것보다 훨씬 깔끔하고 예쁘게 정돈된 풍경.

"저기, 시바 씨. 지금이…."

몇 년인가요, 하고 물으려다 그만뒀다. 다시 살펴보니 내 주변의 사람들과 시바 씨의 옷차림이 내가 알고 있는 요즘의 유행과 전혀 달랐다.

되돌아보니, 수년 동안 이렇게 지내 왔던 것 같다. 이곳을 떠나고 싶지 않다는 마음 때문에. 떠나고 싶지 않은 이유가 분명히 있었을 텐데. 아아 그래. 기쿠이치 씨. 내가 몰래 사랑을 키워 왔던 소중한 사람.

기쿠이치 씨의 집안은 유복하지 않았다. 그래서 난 부모님이 시키는 대로 지주인 에리사와 집안의 스무 살이나 많은 남자와 혼인해야 했다. 하지만 나는 기쿠이치 씨를 사랑했고, 그 사람 역시 나를 누구보다 소중하게 여겼다.

내가 에리사와 집안에 시집을 가자마자 그는 "여기서 다른 사람과 결혼하는 너를 보고 있는 게 괴로워. 일본 전국을 여행할 생각이야"라는 말을 남긴 채 모지항에서 자취를 감췄다. 헤어지던 날, 그는 내게 말했다.

"언젠가, 널 지킬 자신이 생기면 데리러 올게."

하지만 그는 아무리 시간이 흘러도 돌아오지 않았고 몇 년 후, 도쿄에서 연하의 여성과 결혼했다는 내용의 엽서가 오빠에게 도착했다. 그 일로 충격을 받은 나는 병을 얻었고 그가 "결혼했다는 건, 거짓말이었어"라는 말과 함께 돌아올 날만을 고대하다 죽고 말았다.

아아, 그랬지. 나 기쿠이치 씨를 기다리고 있었지.

또르르, 방금 전과는 다른 의미의 눈물이 흘렀다. 오랫동안 기다리느라, 너무 오래 기다리느라, 기다리는 이유조차 잊고 말았다.

"가즈코 씨? 왜 그러세요?"

시바 씨가 내 얼굴을 들여다본다. 나는 황급히 눈물을 훔쳤다.

"아무것도 아니에요. 시바 씨, 저… 정말로, 저랑 함께 있어 주실 건가요?"

"가즈코 씨만 좋다면요."

싱긋. 또다시 날 보고 웃는 모습에 그럴 상황이 아닌데도 가슴이 떨렸다. 아아, 이렇게 뛰다간 심장이 고장 나 버릴 거야. 아니지, 잠깐. 이미 죽었는데 나한테 심장이 있긴 할까?

하아, 이제 아무래도 상관없다. 시바 씨와 하루를 보내고 이날을 마지막으로 성불하자. 모든 것이 기억난 지금, 여기서 계속 이러고 있는 건 너무 슬프니까.

이루지 못한 사랑의 슬픔을 이 사람과의 시간으로 지워 내는 거야.

"그, 그럼 저, 오늘 하루 잘 부탁드릴게요."

고개를 깊게 숙이자 그가 "저야말로요" 하고 상냥한 목소리로 답했다. 아아, 목소리도 너무 근사해. 귓속으로 흘러들어와 몸 안쪽을 부드럽게 쓰다듬어 주는 것만 같다.

갖고 싶어.

순간, 내 것이 아닌 목소리가 들린 듯한 기분이 들었다. 어라? 지금 이건 뭐지?

의문을 품을 새도 없이 손이 멋대로 움직여 그의 팔을 붙잡는다.

"팔, 잡아도 괜찮아요?"

입이 제멋대로 움직인다. 아니, 잠깐만. 난 이렇게 경망스러운 사람이 아닌데. 시바 씨는 잠시 놀란 표정을 지었지만 이내 미소를 보였다.

"그래요."

다시 한번, 심장이 쿵쾅댄다. 아아 정말, 어쩜 이렇게 멋질까. 이 사람이라면 절대로 상처 주지 않을 거야. 약속을 꼭 지킬 거야. 아아, 시바 씨 같은 사람을 만났다면 내 인생도 뭔가 달라졌을 텐데.

데리고 가 버리면 되잖아.

또다시, 내 것 같지 않은 목소리가 들린다. 데리러 오기를 기다려 봤지만 오지 않았어. 그러니, 데리고 가 버리면 그만이잖아.

점점 커지는 목소리에 의문을 품은 채 나는 그의 팔을 끌어안았다.

*

"바로 이게, 내가 제령사를 보조할 때 영혼을 공유했던 가즈코 씨의 의식이에요."

시바에게 씐 귀신의 제령을 위해 아키타로 떠났던 고가네무라 빌딩 부녀회의 유지 중 한 명인 사이온지 가오루코가 무거운 말투로 말한 후 입을 닫자 그 자리에 있던 모두가 "무서워어어"라며 떨었다.

"이게 사실이라면 점장님이 유령을 길거리 헌팅한 거예요?"

텐더니스 모지항 고가네무라점의 아르바이트생인 다카기, 통칭 우쿨렐레 군이 "이 정도로 상식과 먼 얘기일 줄이야" 하고 황당하다는 듯 말하자 옆에서 열심히 메모하던 나카오는 "왜 여름이 다 지나고 나서 이런 괴담이 쏟아지는 거야. 이 에피소드를 6월쯤에 들었으면 딱 좋았을 텐데!"라며 자기 머리를 헝클인다. 이곳에 남아 있던 고가네무라 빌딩 부녀회원들은 "그나저나 애초에 시바 씨를 바람맞힌 사람이 누구냐고? 그 사람 때문에 밋짱이 그 고생을 한 거잖아"라며 거친 콧바람을 내뿜었다.

아르바이트가 끝나고 취식 코너에 끌려와 강제로 이야기를 듣게 된 다로는 "변함없이 화젯거리가 넘쳐 나는 사람이네요"라며 무서움 반, 감탄 반의 반응을 보였다. 다로는 영감을 가져 본 적도 없고, 지금껏 심령 체험이라 불리는 어떤 것도 해 본 적이 없었다. 중학교 때, 담력 훈련을 하겠다며 야밤에 남자아이들과 근처 묘지에 가 본 적은 있지만 모두가 "지금 그거 뭐였어?", "미쳤다. 나 지금 도깨비불 본 거 같아!" 하고 야단법석을 부리는 와중에도 다로는 하나도 무섭지 않아서, 벌레 물리는 걸 더 걱정할 정도였다.

유령이나 귀신에게 홀리는 일 같은 게, 어딘가에는 정말 존재한다는 말인가.

사이온지는 연기력이 유난히 좋았고 그 덕에 이야기가 무척 리얼하게 들렸다. 제령이 한창일 때, 가즈코의 영혼에 완전히 지배당해 "갖고 싶어, 갖고 싶어, 갖고 싶어, 갖고 싶어, 갖고 싶어, 갖고 싶어, 갖고 싶어, 갖고 싶어, 갖고 싶어, 갖고 싶어, 갖고 싶어, 갖고 싶어, 갖고 싶어, 갖고 싶어, 갖고 싶어, 갖고 싶어, 갖고 싶어, 갖고 싶어, 갖고 싶어"라고 계속 비명을 질렀다는 부분을 들을 때는 왠지 모를 섬뜩함에 뛰쳐나가고 싶을 정도였다. 하지만 그건 어디까지나 사이온지의 탁월한 연기력의 영향일 뿐, 정말 그랬을까? 하는 의문도 들었다.

뭐, 그러거나 말거나. 나와는 좀처럼 연이 없는 분야니까.

한숨을 내쉰 다로는 "그래서, 그래서 어떻게 됐는데요?"라며 흥분하는 무리를 향해 "수고하셨습니다. 전 먼저 가 볼게요"라고 말한 뒤(모두가 관심조차 주지 않았지만) 취식 코너를 벗어났다.

오토바이를 세워 둔 곳으로 향하는데 타이밍 좋게 엘리베이터의 문이 열리더니 시바가 나타났다. 오늘 쉬는 날인 시바는 사복 차림이었다. 리넨 셔츠에 팬츠를 받쳐 입었다.

“어, 수고 많았어, 히로세 군. 집에 가는 거야?”

“수고하십니다. 점장님은 가게에 가시나요?”

“아니, 산책하러. 해 질 녘의 분위기가 좋길래.”

후후후, 미소 짓는 얼굴이 확실히 건강해 보였다. 아키타에 가기 전에는 당장이라도 쓰러질 것처럼 안색이 안 좋았는데 그런 걸 보면 뭔가 문제가 있긴 있었던 모양이라고, 다로는 생각했다.

“그럼, 잘 가.”

시바가 다로 옆을 지나치려 할 때였다. 순간, 어깨 위에 붙어 있는 머리카락이 눈에 들어왔다. 다로는 별 뜻 없이 “머리카락이 붙어 있어요”라며 손가락으로 집어 들었다.

스르륵.

길고 검은 머리카락 몇 올이 마치 기어 나오듯 끌려 나왔다.

“으아!”

화들짝 놀라 손을 뗐다. 힘없이 떨어진 머리카락은 금세 흔적도 없이 사라졌다.

“어, 그랬어? 고마워.”

씨익 웃은 시바가 손을 흔들며 멀어졌다. 그 뒷모습을 눈으로 좇던 다로는 발밑을 확인하려다 그만뒀다.

잘못 본 거야. 그래, 그런 걸로 하자.

훽훽, 고개를 젓고는 귀신 완전히 쫓아낸 거 맞겠지? 하고 생각한다. 문득 취식 코너로 돌아가고 싶어진 다로였지만, 잘못 본 것으로 믿고 오토바이가 있는 곳까지 전력으로 질주했다.

바다가 들리는 편의점 3

초판 1쇄 발행 2024년 5월 10일
초판 12쇄 발행 2024년 11월 11일

지은이 마치다 소노코
옮긴이 황국영

책임편집 주소림
디자인 MALLYBOOK 최윤선, 오미인, 조여름
책임마케팅 김서연, 김예진, 김소희, 김찬빈, 박상은, 이서윤, 최혜연, 노진현, 최지현,최정연, 조형한, 김가현, 황정아
마케팅 최혜령
경영지원 백선희, 권영환, 이기경
제작 제이오
교정·교열 서은미

펴낸이 서현동
펴낸곳 ㈜오팬하우스
출판등록 2024년 5월 16일 제2024-000141호
주소 서울시 강남구 테헤란로 419, 11층(삼성동, 강남파이낸스플라자)
이메일 info@ofh.co.kr

ISBN 979-11-93358-84-9 (03830)

모모는 ㈜오팬하우스의 출판브랜드입니다.